KB042618

천마비상 5

초판 1쇄 인쇄일 2014년 7월 7일 | **초판 1쇄 발행일** 2014년 7월 9일

지은이 용우 | **펴낸이** 곽중열 | **담당편집 팀장** 이범수
편집부 신연제 이윤아 김호성 김은경

펴낸곳 (주)조은세상 | 출판등록 제 2002-23호
주소 경기도 연천군 미산면 청정로 1355
TEL 편집부 02)587-2966 | FAX 02)587-2922
e-mail bukdu@comics21c.co.kr

ⓒ용우 2014
ISBN 979-11-5512-550-2 | ISBN 979-11-5512-459-8(set) | 값 8,000원

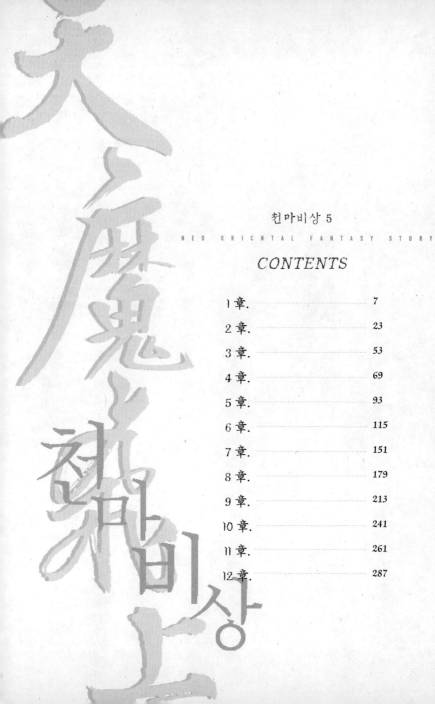

천마비상 5

NEO ORICNTAL FANTASY STORY

CONTENTS

天魔飛上 1章.

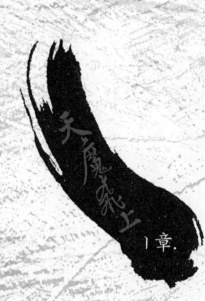

一章.

　무림의 안녕과 화합을 이끌어 내고자 본 상단에서는 무림 영웅 분들을 위한 무림대회를 개최하고자 합니다. 참가 자격의 제한은 없으며 소소하나마 본 상단에서 상금 및 상품도 준비를 해놓았으니 많은 관심을 부탁드립니다.

　- 태랑상단주 왕도군.

　무림의 수많은 문파와 유명인사들에게 전해진 배첩 하나로 인해 무림 전체가 들썩이고 있었다.

　미묘한 시기에 돌려진 배첩이지만 되려 그것이 수많은 이들의 관심을 이끌고 있었다.

　천마성이 무너진 이후 서로를 견제해야 할 백도맹과 사

황성은 연일 이어지는 내부 분열로 인해 제대로 된 힘을 발휘하지 못하고 있었고, 자유로워진 무림인들이 무림 전체에서 문제를 일으키고 있었다.

거기에 얼마 전에는 스스로 천마라 칭하는 죽었다 생각했던 천마성의 소성주까지 모습을 드러내며 세상을 경악하게 만들었다.

이런 시기에 태랑상단이 무림대회를 개최하고 나서자 높은 자리에 있는 자들은 불편한 시선을 보냈지만 반대로 이름을 날리고자 하는 이들에겐 열렬한 지지를 받았다.

오랜 시간 열리지 않았던 무림대회다.

그런 만큼 이번 대회에서 이름을 날린다면 무림 전역에 널리 퍼진다고 봐도 무방했다.

태랑상단의 각 지부에서 접수를 받기로 한 첫날부터 엄청난 인파가 몰리는 것만 보아도 충분히 알 수 있을 지경이다.

너무 많은 인원이 몰리는 바람에 태랑상단에선 각 성을 기준으로 수십 개의 구역으로 나누어 지역 예선을 거치는 방법을 택했다.

중원 전역에 엄청난 숫자의 비무장이 세워지고 각 비무장마다 많은 인원들이 몰려들었다.

아무리 십대상단의 하나인 태랑상단이라 하더라도 너무 많은 자금을 소모하는 것이 아닌가 하는 이들이 많았지만,

곧 그런 걱정을 할 필요가 없다는 것을 깨달았다.

각 비무장 인근으로 세워진 각종 상점들 대부분이 태랑상단의 것이었고 그곳에서 막대한 수입을 얻고 있었던 것이다.

그 모습에 같은 십대상단의 주인들이 군침을 흘릴 정도였다.

천하삼대상단의 하나로 꼽히던 만금상단이 덧없이 무너진 뒤 그 밑의 십대상단들은 어떻게 해서든 비어있는 만금상단의 자리를 차지하기 위해 노력을 하고 있었다.

십대상단과 천하삼대상단.

누가 봐도 천하삼대상단으로 불리는 것이 더 낫지 않은가? 허나, 아직까지는 누가 앞서지 못하고 있는 상황이었는데 이번에 태랑상단이 그 기회를 잡은 것이다.

이곳저곳에서 태랑상단이 머리를 잘 썼음을 인정하면서도 연신 각 지역에서 쏟아져 나오는 새로운 강자들에 환호했다.

심산계곡에 틀어박혀 무공 수련을 열심히 쌓아 실력에 자신이 있다 하더라도 그것을 발출할 만한 장소를 찾는 것은 무척이나 어려운 일이다.

더욱이 얼마 전에 있었던 천마성을 무너트렸던 일에는 사황성과 백도맹 무인들이 가장 선두에 서서 싸웠기에 세력에 속하지 않은 이들은 활약을 할 만한 기회가 없었다.

그렇기에 이번에 벌어진 무림대회는 좋은 기회나 마찬가지였다.

태랑상단은 대형문파에서 너무 많은 진출자가 나오는 것을 제한하기 위해 각 파에서 1명 혹은 2명만 나올 수 있는 것으로 제한을 했을 뿐만 아니라 대형문파에는 예선이 아닌 본선부터 진출을 할 수 있도록 권한을 부여했다.

불공평한 처사일 수도 있지만 되려 많은 무인들은 이를 반겼다.

자신의 실력에 자신이 있더라도 대형문파와 섞여서는 그리 좋은 소리를 듣지 못할 것이 뻔하기 때문이었다.

그렇게 무림의 이목이 어느 사이에 태랑상단이 주최하는 무림대회에 집중되고 있었다.

"흐흥, 생각보다 더 나쁘지 않은 효과로군."

올라온 보고서를 내려놓으며 허독량은 마음에 드는 듯 웃는다.

혈교의 뛰어난 정보력으로도 알아차리지 못하고 있던 고수들이 스스로 모습을 드러내고 있으니, 이 기회를 놓치지 않고 혈교에선 많은 정보를 얻고 있었다.

또한 각 문파의 출전자를 1인 혹은 2인으로 제한을 해놓았으니 그들의 선택지는 두 가지로 좁혀진다.

최강자를 내보내거나 문파의 미래가 될 인재를 내보내 거나.

혈교로선 나쁠 것이 없었다.

오히려 이렇게 되면서 얻을 수 있는 것이 아주 많았다. 덕분에 교내에서 허독량의 평판이 빠른 속도로 올라가는 중이었다.

때문에 허독량의 기분이 좋은 것이다.

하지만 그보다 더 좋은 것은 혈교의 앞길을 번번이 막을 뿐만 아니라 교주가 그렇게까지 신경을 쓰던 패마를 자신 의 손으로 죽였다는 것이다.

"후후후……!"

웃으며 책상 위의 투명한 병을 두드리는 그.

황갈색의 액체가 가득 담겨있는 병 안에는…… 사람의 심장이 담겨 있었다.

마치 당장이라도 펄떡일 것만 같은 모습으로.

패마를 죽이고 전리품으로 생각하고 가져온 것이다.

"하지만 아쉽군. 사부가 이걸 원하다니……."

그랬다.

자신의 전리품으로 아낄 생각으로 만들어 놓았는데, 혈 마가 패마의 심장을 원하고 있었다.

자신의 책상 위에 두고두고 보려고 했건만 이것을 보는 것도 이번이 마지막이다.

때마침 문을 두드리며 수하 하나가 안으로 들어온다.

패마의 심장을 교로 운반할 자였다.

◑

우혁들은 낮에는 최대한 숨어서 휴식을 취하고 밤에는 사람들의 눈을 피해 깊은 산을 빠른 속도로 질주했다.

체력적으로 상당히 부담이 되는 일이었지만 적들에게 들키지 않기 위해서는 어쩔 수 없는 일이었다.

"의외로 감시가 약한 것이 뭔가 이상하지 않습니까?"

해가 떠오르며 쉬기 위해 자리를 잡자 광호가 다가오며 말하자 곧 다른 아이들 역시 모여들며 고개를 끄덕인다.

운남을 벗어나면 사황성과 백도맹의 감시가 삼엄할 것이라 생각했는데, 의외로 감시하는 인원이 너무나 적었다.

적을 뿐만 아니라 허술하기 짝이 없어 그들의 눈을 피하는 것이 너무 쉬울 정도라, 이제까지 숨어 있던 자신들의 모습이 한심하게 느껴질 정도였다.

"어떻게 생각하느냐?"

우혁의 물음에 광호는 고개를 흔들었다.

"이런 식으로 움직이는 와중에 정보를 얻을 방법은 없습니다. 그래도 몇 가지 짐작을 해보자면…… 저들의 이목을 이끌 수 있을 정도로 큰일이 터졌겠죠. 그렇지 않고서야 지금의 상황을 설명 할 수 없을 테니까요."

"흠…… 그 사건이 소성주님과 관련된 것일 확률은?"

"그것까진 모릅니다. 정보를 좀 얻어와 볼까요?"

광호의 말에 잠시 고민하던 우혁은 고개를 끄덕이며 허락했고 곧 광호가 일행과 떨어져 빠른 속도로 사라진다.

그가 나갔으니 다시 돌아올 때까지 이 자리에 묶여 있어야 할 테지만 지금 같은 상황에선 어쩔 수 없는 일이었다.

아무리 움직이는 것이 중요하다 하더라도 정보를 얻는 것 역시 무척이나 중요했으니까.

"아픈 사람들은 없는지 확인하고 먹을 것을 마련하자."

"예!"

우혁의 명령이 떨어지자 모두들 흩어지며 수하들에게 전달을 하기 시작했고, 곧 간단한 음식을 먹은 이들이 잠에 빠져든다.

'부디 별 일이 없어야 할 텐데…….'

우혁의 머릿속은 복잡하기 그지없다.

도현의 행동을 예측하여 움직이지 않으면 쉽게 합류를 할 수 없을 뿐더러 적들에게 들키지 않아야 했다.

지금의 전력으로는 사황성이나 백도맹의 공격을 버텨낼 방법이 없다고 봐야 했다.

"후우……."

한숨만 깊어지는 우혁이다.

홀로 일행과 떨어진 광호는 해가 떨어지기 전에 인근의
도시에 들어서기 위해 빠르게 움직였다.

힘은 좀 들었지만 그 성과가 있어 어렵지 않게 성벽을
넘어 도시에 들어 갈 수 있었다.

도시에 들어선 광호가 가장 먼저 한일은 천마성의 정보
원들의 흔적을 찾는 것이었다.

본래 천마성 정보원들은 중원 전역 어디를 가도 찾을 수
있을 정도로 광범위하고 많은 인원을 유지하고 있었다.

무림을 삼분하던 천마성이었으니 정보력에도 많은 힘을
쏟아 붙고 있었던 것이다.

백도맹이 개방에 의지하고 사황성은 하오문에 정보력을
의지하는 것과 달리 천마성은 독자적인 정보체계를 유지
하기 위해 많은 노력을 하고 있었고, 그 결과 무림 그 어떤
곳보다 빠르고 정확한 정보력을 갖출 수 있었다.

천마성이 무너지며 그들이 전부 지하로 숨어들어버려
쉽게 찾을 수 없게 된 것이 문제지만.

'여기도 틀렸나?'

도시 곳곳을 돌아다니며 흔적을 찾으려 했지만 발견 할
수가 없었다.

정보원의 흔적이 남아 있다면 더 쉽게 정보를 얻을 수

있었겠지만, 그렇지 않다면 광호 스스로 알아내는 수밖에 없었다.

물론 그것이 어려운 것은 아니지만 시간이 걸리는데다 정보에 대한 진실을 알 수 없다는 것이 문제다.

그런 것들만 아니라면 제법 큰 객잔이나 주점에 앉아 있으면 절로 무림의 소문들이 귀에 들려올 것이다.

"후……."

한숨을 내쉬며 아침을 시작하는 도시의 시장 거리를 걸어 객잔으로 향하는 광호.

이른 아침에는 식사를 하는 자들이 많은 객잔이 정보를 얻기에 편했다. 물론 배가 고프기도 했고.

"거기 젊은이 점을 쳐보지 않겠나?"

그때 골목 안에서 광호를 붙드는 목소리가 들려왔다.

추레한 옷차림에 바닥에 그냥 주저앉은 채 어디가 가져온 것인지 모를 상자하나를 앞에 놓은 노인.

노인의 좌우로 색이 다 빠진 깃발 두개가 휘날린다.

길흉화복 사주관상, 천하제일도사.

어디서나 쉽게 볼 수 있는 점을 보는 돌팔이 도사와 같은 모습이지만 광호는 노인을 지나칠 수 없었다.

백발의 노인.

어디서나 볼 수 있는 얼굴을 하고 있었지만 그 목소리만큼은 변하지 않았다.

17

"사부님!"

"클클, 이제 찾았구나."

돌팔이 도사로 위장한 삼 장로 혈영신투 자현이었다.

혈영신투의 안내로 도시 한 곳에 마련된 가옥에 들어선 광호는 놀라지 않을 수 없었다.

작은 집 안에 그동안 소식이 없던 사 장로 흑혈도마(黑血刀魔) 지광과 육 장로 혈마음(血魔音) 신지수가 함께 있었던 것이다.

결국 혈영신투까지 합친다면 무려 세 명의 장로가 함께 행동을 하고 있었다는 말이 된다.

"드디어 찾았군."

"내가 뭐라고 했나? 금방 찾을 수 있을 거라고 했지?"

사 장로의 말에 혈영신투는 웃으며 가볍게 대답하곤 제자와 함께 앉았다.

"어, 어떻게 다들 함께 계신 겁니까? 분명 다른 방향으로 흩어졌던 것으로 기억하고 있는데요?"

"이놈아, 이 사부가 있는데 어디에 숨든 그게 무슨 상관이냐?"

당연하다는 듯 고개를 끄덕이며 말하는 그에게 광호는 고개를 흔들었다.

"당연히 사부님이니 못 믿는 거 아닙니까. 성의 모든 정

보력을 손에 가지고 계시면서도 저희도 찾아내지 못하신
분이……."

"이, 이놈아! 누가 운남까지 가서 숨을 줄 알았겠냐!"

당황한 듯 더듬으며 외치는 사부를 보며 광호는 웃었다.

말은 그렇게 했지만 사부가 무사한 모습을 보니 자연스
럽게 안심이 되었던 것이다.

게다가 자신들이 운남에 숨었다는 것까지 알아낸 것을
보면 꾸준히 자신들을 찾기 위해 노력했다는 말이었다.

"그보다 다른 아이들은 어떻게 되었느냐?"

때마침 두 사람의 대화를 끊으며 사 장로가 물어오자 광
호는 침착한 얼굴로 대답했다.

"이곳에서 멀지 않은 곳에서 휴식을 취하고 있습니다.
이미 알고 계실 것이라 생각하지만 소성주님과 관련된 소
문이 있어서 합류하기 위해 움직이는 도중이었습니다."

"어디로 움직이고 있던 것이냐?"

퉁명스런 목소리로 사부가 묻자 광호는 즉시 대답했다.

"신강으로 움직이고 있었습니다. 소성주께서 어디에 계
신지 모르는 상황이지만 새로 시작하려면 거점이 필요하
다고 생각했고, 그 거점으로 생각되는 곳으로 이동을 하고
있던 겁니다."

"그래도 판단을 잘 했구나. 이곳에서 기다리고 있었던
보람이 있어."

"후후, 자네 제자가 생각했다기 보단 우혁이 녀석이 판단을 제대로 했던 것이겠지."

"누가 그걸 몰라서 그러나?"

퉁명스럽게 사 장로에게 대답하는 혈영신투.

두 사람은 삼 장로와 사 장로의 위치에 있지만 사적으로는 동갑내기 친구로 평소에는 편하게 대화를 하곤 했다. 지금처럼.

그때 이제까지 듣고만 있던 혈마음이 처음으로 입을 열었다.

"하면 우리도 그쪽에 합류 할 건가요? 오라버니들?"

"음…… 우선은 그리해야지. 흩어져 있는 것보단 뭉치는 것이 만약의 사태를 대비해서도 더 낫지 않겠느냐? 게다가 소성주님과 합류하는 것이 앞으로는 위해서도 더 나을 테고."

흑혈도마의 말에 두 사람은 고개를 끄덕이며 동의했다.

어차피 그러기 위해 그들도 움직이고 있는 와중이었으니 말이다.

"조금이라도 빨리 움직이는 것이 아무래도 좋겠지."

그 말이 끝나기 무섭게 모두가 자리에서 일어선다.

광호와 접촉을 하기 위해 도시에 들어온 것은 세 사람 뿐이었고, 나머지는 인근의 야산에서 숨을 죽이고 있었다.

"가보자고."

혈영신투의 말과 함께 네 사람의 신형이 그 자리에서 사라진다.

그 길로 모두와 합류한 일행은 반가워 할 틈도 없이 빠른 속도로 북상하기 시작했다.

왜인지 알 수 없지만 느낌이 좋지 않았기 때문이었다.

그것은 장로 세 사람이 공통적으로 느낀 것이었기에 자연스럽게 일행의 움직임은 빨라 질 수밖에 없었다.

天魔花上

2章.

2章.

신강의 한곳에 십만대산이라 불리는 곳이 있다.

그 이름처럼 수많은 산들이 자리를 잡고 있을 뿐만 아니라, 험하기로도 손에 꼽을 정도라 어지간해선 사람들이 접근을 하지 않을 정도였다.

신강 사람들은 십만대산에 결코 접근하지 않는다.

자칫 길을 잃고 헤매다 죽을 수도 있을 뿐만 아니라, 산 곳곳에 야생동물들이 많아 위험하기 짝이 없기 때문이다.

그런데 반해 산에서 얻을 수 있는 것이 거의 없어 사람들이 절로 발길을 끊은 것이다.

그런 십만대산의 중심에 우뚝 선 높고도 험준한 산 하나.

본래 이름도 없던 그 산에 이름이 붙었다.

마령산(魔靈山).

마인들의 영혼을 위로하기 위해 이름이 붙여진 산은 지금은 아무것도 없지만 차후 세력이 커지면 이곳에 대형 사당을 지을 뿐만 아니라 철저하게 출입이 차단될 예정이었다.

왜냐하면…….

이 산에 패마가 잠들었기 때문이다.

당장이라도 폭발할 것 같은 기운을 간직한 채 도현은 냉정하게 현장을 이끌고 있었다.

자신의 사부이자 정신적 지주와도 같던 패마를 잃은 것은 마도(魔道) 전체를 생각해도 큰 손실이다.

당장이라도 복수를 위해 움직이자는 움직임도 있었지만 도현은 용케도 그들을 막아내고 있었다.

누구보다 복수 하고 싶은 것이 도현일텐데 그가 침묵을 지키자 자연스럽게 도현의 밑에 모인 무인들도 입을 다물었다.

그러는 사이 도현은 적절하게 인원을 배분하여 십만대산 전체를 조사하게 했고, 일부는 밖으로 연결되는 길을 만들도록 시켰다.

무인들이 동원되자 빠른 속도로 길이 만들어졌고, 주변 탐색 또한 마무리가 되어가기 시작했다.

나무를 이용하여 허름하게나마 임시로 지어진 집들이
수십에 달하는 곳.

그 집에 도현 역시 머물고 있었다.

"결국 건물을 짓기에는 지금 있는 곳이 최적이라는 것
이로군요."

"외부로 오가는 길이 꽤 멀기는 하지만 건물을 세울만
한 공간이 나오는 곳은 이곳 밖에 없는 모양입니다. 나머
지는 암벽이라던지 그리 좋은 환경이 아닌데다, 물을 풍부
하게 구할 수 있는 곳은 이곳 밖에 없습니다."

이 장로의 보고에 도현은 고개를 끄덕였다.

현재 자신들이 머물고 있는 곳에서 멀지 않은 곳에 식수
로 사용할 수 있을 작은 개울이 흐르고 있는데다, 땅을 파
면 우물을 어렵지 않게 만들 수 있었다.

십만대산에서 가장 풍부한 수량을 자랑하는 곳이 이곳
이었다.

다른 것은 몰라도 물을 구하는 것만큼은 어찌 할 수 없
기에 이곳을 거점으로 삼는 것은 당연한 일이라 할 수 있
었다.

"인근에 대형 석산이 있어 성벽을 세울 돌은 걱정하지
않아도 될 것 같습니다. 조만간 금화상단에서 보급을 위해
이곳으로 올 것이라 하니 그때 정식으로 결정을 하면 될
것 같습니다."

오 장로 마선의의 말에 도현은 역시 고개를 끄덕이며 자신의 앞에 앉아 있는 두 사람의 장로를 쳐다보았다.

칠 장로 거력마웅은 이곳으로 향하는 길을 만들기 위해 나가 있었다.

"험준한 곳이지만 생각보다 나쁘지 않은 곳이 될 것입니다. 금화상단이 도착하면 필요한 물건들을 말해 두십시오. 대형 전각은 당장 무리겠지만 모두가 기거할 만한 건물을 세워야 합니다. 임시로 만든 이곳에서 계속해서 기거를 할 수는 없는 일입니다."

"이미 준비하고 있습니다. 자금에 있어선 조금의 걱정도 없기 때문에 최고의 재료로 두 번 다시 무너지지 않을 건물을 지을 겁니다. 비밀을 유지하기 위해 서장에서 은밀하게 장인(匠人)들을 모으고 있습니다."

이미 십만대산에 들어설 때부터 금화상단은 움직이고 있었다. 중원 무림의 의심을 피하기 위해 서장에서 건축을 위한 장인들을 불러 모을 뿐만 아니라 신강에 있는 상단과의 거래를 위해 연신 움직이고 있었다.

보통 신강은 돈이 되지 않는 것으로 생각하여 많은 상단이 진출하지 않고 있었기에, 금화상단을 막는 곳은 없었다.

특히 탁골문이 적극적으로 움직여 주고 있었다.

새로 탁골문의 주인이 된 탁걸륜은 과거의 은혜를 갚기

위해서라도 금화상단의 일에 적극적인 도움을 주고 있었다.

이미 도현이 탁결륜을 만나 도움을 청했기에 가능한 일이었다.

비록 천마성이 무너졌다곤 하지만 도현이 존재하는 이상 금방 본래의 모습을 찾을 것이라 탁결륜은 믿어 의심치 않았다.

그의 능력을 코앞에서 보았기에 더욱 그러했다.

이야기가 끝나자 침묵이 감도는 방.

먼저 입을 연 것은 도현이었다.

"모두가 불안해하는 것을 알고 있습니다. 분노하고 있는 것을 알고 있습니다. 하지만 지금은 참아야 할 때입니다. 참고 또 참았다가…… 때가 되면 터트릴지언정 지금은 참아야 합니다."

"잘 알고 있습니다. 그렇기에 모두들 묵묵히 자신이 맡은 일에 최선을 다하고 있는 것입니다."

살짝 웃으며 대답하는 월영마검에게 도현은 마주 웃었다.

패마의 죽음으로 인해 흔들렸던 것은 며칠뿐이었다. 복수는 때가 되면 언제든 할 수 있지만 지금은 마도의 미래를 위해 참고 인내해야 할 때였다.

한번 무너졌던 마도를 다시 일으켜 세우기 위해선 이전보다 더 많은 노력을 필요로 한다.

그래야만…… 두 번 다시 무너지지 않을 힘을 가지게 될 것이다.

그러기 위해 도현은 벌써 작업에 착수해 있었다.

탁.

책상 위에 놓는 갓 만든 듯한 책 한권을 내려놓는 도현.

"앞으로 본성 무인들이 필수적으로 익혀야 할 무공입니다. 권장지각을 비롯해 병장기까지 모두 응용할 수 있는 것으로 제 머리 속에 있는 수많은 마공들을 참고하여 만든 것입니다. 부작용도 없고 빠른 성취를 보여 줄 겁니다."

"으음……! 언제 이런 것을."

깜짝 놀라는 월영마겸과 마선의.

자신들이 알기로 이곳에 자리를 잡은 이후 도현은 잠도 거의 자지 않고 일선에서 수하들을 지휘하며 이곳에 터를 닦을 준비를 하고 있었다.

그런 상황에서 이런 무공을 만들어 냈다니 쉬이 믿을 수 없을 정도였다.

아무리 머릿속에 든 많은 마공을 참고하였다곤 하지만 그것을 하나로 만들어 새로운 무공을 만들어내는 것은 결코 쉬운 일이 아니었다.

일파의 대종사라도 되지 않는 한 새로운 무공을 만들어 낸다는 것은 쉽지 않은 일이었지만 도현은 그것을 해내고 있었다.

심지어 내용을 읽은 월영마검은 크게 놀랄 정도였다.

무공의 완성도도 높지만 이것이라면 수하들의 경지를 한 단계 이상 끌어 올릴 수 있을 만한 뛰어난 무공이었던 것이다.

당장 무림에 내놓는다 하더라도 상위 무공으로 분류될 정도였다.

"이것을…… 이것을 진정 그냥 내놓으실 생각입니까?"

"물론입니다. 제가 만들 곳의 기본 무공이 될 겁니다. 천년의 시간을 이어가기 위해선 그만큼 뛰어난 힘을 필요로 하니까요."

천년이 지나도 무너지지 않을 세력을 만드는 것에 과할 정도로 집착하고 있는 도현이지만 월영마검은 그것도 나쁘지 않다고 생각했다.

패마의 죽음으로 흔들린 도현을 지금 흔들리지 않게 잡아주고 있는 것은 그런 목표가 있기 때문일 테니까.

게다가 천년이 지나도 존재하는 문파를 만드는 것은 장로들에게도 꿈이자 목표였었다.

"이것을 모두가 익히면 지금보다 월등히 강해질 것입니다."

"그러기 위해 만든 겁니다. 흩어진 일행도 모두 찾아서 익히게 할 겁니다. 그러기 위해 전력을……."

"성주님!"

쾅–!

굉음과 함께 거력마웅이 거칠게 숨을 몰아쉬며 안으로 들어온다.

"와, 왔습니다! 삼 장로님을 비롯한 모두가 함께 왔습니다!"

희소식이었다.

●

자리에 앉은 이들의 면면을 보고 있자면 든든하기 그지 없다.

일 장로를 제외한 모든 장로들이 자리에 앉아 있고, 그 뒤로 장로들의 제자들이 도열해 있었다.

그 모두가 앞으로 마도의 발전을 위해 움직여줄 사람들이었다.

모두들 무사히 서로 만났다는 사실에 안도했지만, 곧 패마의 소식을 듣고 한바탕 눈물을 쏟았다. 그만큼 패마의 죽음은 이들에게 큰 충격이었던 것이다.

"이제부턴 우리가 해야 합니다. 사부님의 유지를 받들어 마도를 걷는 모든 이들이 당당할 수 있는 자리를 만들겠습니다. 그러기 위해 여러분들의 도움을 필요로 합니다."

"성주님을 믿습니다."

도현의 말에 가장 먼저 반응한 것은 이 장로였다.

그리고 그를 이어 모든 장로들이 이어 도현에게 같은 말을 한다.

육 장로를 빼고.

불편한 기색이 역력한 육 장로 혈마음을 보며 도현은 이미 알고 있다는 듯 빙긋 웃으며 말했다.

"육 장로님께선 새로운 세력을 만드실 생각이신 것으로 알고 있습니다. 다른 분들께서 이야기를 해주시더군요."

"으음……."

잠시 고민하던 그녀는 긴 한숨과 함께 모두를 보며 이야기를 시작했다.

"이런 시기에, 이런 상황에 이런 이야기를 하면 안 된다는 것은 알지만 기회가 왔으니 말을 하죠. 성주님의 말씀대로 저는 여인들을 위한 마도문파를 만들 계획을 가지고 있습니다. 본래라면…… 한참 뒤의 일이 되었을 것이지만……."

"허락하겠습니다. 하지만 어디까지나 본 세력이 완전히 자리를 잡고 난 뒤가 될 겁니다. 그때까지만 절 도와주시면 됩니다."

"……정녕 그래도 되겠습니까?"

미안한 듯 묻는 혈마음에게 도현은 당연하다는 듯 고개를 끄덕이며 말했다.

"저는 막지 않을 것입니다. 오히려 본 세력이 정상으로 돌아오고 난다면 최선을 다해서 지원을 해드릴 것을 약속 드리겠습니다. 다른 장로님들 역시 마찬가지 입니다."

그 말에 혈마음을 대답지 않고 작게 고개를 숙여 감사를 표한다.

다른 장로들 역시 도현의 말에 고민에 빠진 표정이다.

모두가 한 자리에 모이면서 데리고 온 인원의 숫자도 만만치 않아서 이젠 근 1만에 가까운 무인들이 모였지만, 예전에 비한다면 부족한 인원이었다.

도현의 수완이라면 앞으로 그가 만들 세력은 분명 강해질 터였다.

그 뒤라면…… 혈마음처럼 자신의 문파를 개파해도 나쁘지 않겠다라는 생각이 잠시 들었던 것이다.

고민에 빠져든 장로들을 뒤로하고 도현은 우혁을 보며 웃었다.

"수고했다."

"고생하셨습니다."

도현의 말을 받는 우혁.

그 모습에 다른 아이들이 피식 웃었지만 다들 같은 마음일 터다.

다시 함께 할 수 있다는 것이 너무나 기뻤으니까.

"앞으로 어떻게 하실 생각이십니까? 대충 듣기는 했습

니다만, 이제는 확실한 계획을 세우셔야 합니다."

"알고 있어. 그렇지 않아도…… 그걸 이야기하려고 자리에 모이게 한 것이니까."

도현의 말에 모두의 시선이 그에게 향한다.

"지금 우리가 신경을 써야 하는 세력은 사황성도 백도맹도 아닌 혈교입니다. 놈들은 아직도 숨은 채 모습을 드러내지 않고 있지만 조만간 모습을 드러낼 것이 분명합니다. 사부님의 사건 역시…… 놈들임이 분명한 바."

고오오……!

어느새 도현의 몸에서 폭풍과도 같은 기세가 뿜어져 나온다. 온 사방을 무겁게 짓누르는 막대한 마기(魔氣).

패마의 전성기 시절과 비교해도 결코 밀리지 않을 것 같은 그 강렬함에 장로들의 얼굴에 놀라움이 스쳐 지난다.

압도적이라 불러도 좋을 정도로 짙은 농도의 마기를 접하자 자신도 모르게 몸 안의 마기가 반응해 움직인다.

"놈들에게 복수 할 겁니다. 처절하게! 다시는 일어서지 못할 정도로 짓밟아 줄 겁니다. 두 번 다시 혈교란 이름이 들리지 않도록 할 것 입니다."

쿠구구!

건물을 가득 채우는 아찔할 정도로 강렬한 마기에 우혁은 천천히 도현을 향해 무릎을 꿇는다.

"이 도우혁! 제 모든 것을 받쳐 충성을 다할 것입니다!"

35

그 모습을 보고 있던 광호와 단리한은 잠시 서로를 바라보았다가 고개를 끄떡이며 동시 무릎을 꿇었다.

"목숨이 다할 때까지 충성을 다하겠습니다!"

예미영은 잠시 사부인 혈마음을 바라보다 곧 결심한 듯 고개를 숙였다.

"예미영, 성주님의 뜻이 이루어지는 그 날까지 최선을 다하겠습니다!"

그녀의 선언에 놀란 듯 우혁들이 보았지만 예미영의 얼굴에는 흔들림이 없었다.

예미영으로선 최선의 선택을 한 것이나 마찬가지였다.

다른 아이들처럼 도현을 주군으로 모시게 된다면, 더 이상 도현과 이어지겠다는 꿈을 접어야 할지도 모른다.

아니, 분명 그렇게 될 것이었다.

하지만 그녀는 그러기 싫었다.

시간이 흘러 포기를 하게 될 지언 정 지금부터 뒤쳐지고 싶은 마음은 조금도 없는 것이 바로 그녀였다.

게다가 이미 사부인 혈마음은 새로운 문파를 개파할 것이라 선언을 했다. 때가 언제가 되었든 예미영 역시 그녀를 따라 가게 될 것이고, 그편이 도현의 곁에 있기에는 더 유리하게 될 터였다.

처음에는 놀랐지만 곧 그녀의 생각을 읽기라도 한 듯 모두들 작게 고개를 끄덕인다.

도현 역시 웃으며 모두를 받아들였다.

"천마성이란 이름은 더 이상 쓰지 않으실 것이라 들었습니다. 그렇다면 새로운 이름을 필요로 합니다. 지금부터 기초를 세우지 않는다면 나중에 바로 잡기란 무척이나 어려운 일이 될 겁니다."

광호가 자리에서 일어서며 말하자 모두들 고개를 끄덕이며 동의했다.

특히 광호의 사부인 혈영신투는 언제 자신의 제자가 이리 똑똑해진 것인지 놀랍다는 얼굴로 바라본다.

"흠…… 아직까지 딱히 이것이다라고 떠오르는 이름이 없어."

"그렇다면 제가 추천해도 되겠습니까?"

때마침 조용히 있던 단리한의 말에 모두가 그를 바라보았고, 그에 단리한은 말을 이었다.

"천마성(天魔城)이 어떻겠습니까? 그렇지 않아도 성주님께서 스스로 천마(天魔)라 부르신다 들었습니다."

"천마(千魔)가 아니라 천마(天魔)인가."

나쁘지 않은 듯 모두들 긍정적인 반응을 보이고 있을 때 의외로 제동을 걸고 나선 것은 우혁이었다.

"성(城)은 언젠가 무너집니다. 천마성이 그러했듯 언제 어디서 무너질지 모릅니다. 정녕…… 정녕 천년을 이어갈 문파를 만드실 생각이시라면……"

말을 잠시 끊은 우혁이 눈을 빛내며 말했다.

"천마신교(天魔神教). 어떻습니까?"

조르륵-

술을 잔에 부으며 도현은 마주한 우혁에게 말했다.

"신교(神教)라니 너무 거창한 것은 아닐까?"

"그 정도는 되어야 천년을 버틸 수 있을 겁니다. 어차피 강자존의 법칙이 흐르는 곳이 될 테니 그들을 통제하기 위해서라도 절대적인 존재를 필요로 합니다. 전 그것이 주군이 될 것이라 믿어 의심치 않습니다."

우혁의 말에 도현은 단숨에 술잔의 술을 털어 넣는다.

꽤 쎈 술임에도 불구하고 잠시 술기운이 올라오는 듯하다가 금세 사라진다.

몸 안의 내공이 의도하지 않아도 알아서 몸에 해로운 성분을 태워 없애버리는 것이다.

그것을 알면서도 도현은 한 순간 올라오는 그 화끈함을 위해 술잔을 들었다.

"신교라는 이름 아래 수많은 마인들이 이곳으로 집결을 할 것입니다. 그들 모두를 포용하기 위해선 강력한 힘의 주인을 필요로 합니다. 교주께서 그리 하셔야 합니다. 그 이름과 같이 진정한 천마(天魔)가 되셔야 합니다."

"부담을 주는군……."

쓰게 웃으며 다시 술을 들이키는 도현.

얼마나 마신 것인지 벌써 술병이 빈다.

"그래. 내가 만들어갈 천마신교는 마인뿐만 아니라 마인의 가족들까지도 마음을 놓고 편하게 살 수 있는 그런 곳으로 만들 거야! 교의 일로 인해 죽는다 하더라도 그 가족들은 교의 품에서 편하게 살 수 있는 곳을 만들 거야. 그러기 위해선 엄청난 돈과 인력을 필요로 하겠지만…… 그게 어때서? 천마라는 이름으로 천하 마인들을 품에 안을 거다!"

"꼭 그러셔야 합니다."

천천히 고개를 숙이는 우혁.

우혁이 천마신교라는 이름을 내세운 것은 도현에게 책임감을 심어주기 위함이었다.

오랜 시간 도현을 보아온 우혁은 그의 성격을 잘 알고 있었다.

남들이 기대하면 그 이상의 실력을 보이지만, 그렇지 않으면 굳이 나서서 움직이지 않으려 한다는 것을.

쉬는 날이면 편하게 침상 위에서 움직이지 않고 뒹굴며 쉬는 것을 좋아하고, 숲속에서 명상을 하는 것을 즐긴다는 것도 전부 알고 있었다.

'하지만 이제는 쉴 시간이 없을 겁니다. 천하마도의 미래가…… 당신의 손에 달려있기 때문입니다.'

우혁은 다짐한다.

도현이 필요로 한다면 자신의 목숨이라도 내놓을 것이라고. 그것이 마도의 미래를 위한 일이라면 얼마든지 받칠 수 있었다.

그렇게…… 하루가 지나가고 있었다.

정식으로 이름이 정해진 천마신교.

천마신교에서도 외총관의 자리를 맡게 된 하 외총관은 금화상단을 진두지휘하는 와중에도 수많은 물자들을 몰래 십만대산으로 보내는 작업을 동시에 하고 있었다.

덕분에 잠 잘 시간도 거의 없이 매일 밤을 지세우는 그.

그의 곁에 망태강이 없었다면 진즉에 쓰러져도 쓰러졌을 터였다.

본래 소월지부장이었던 망태강은 그가 금화상단의 단주직에 정식으로 앉음과 동시 본 단으로 불러들여 곁에 두고 일을 시키고 있었다.

과연 금화상단을 책임지고 있던 자답게 망태강은 무척 일을 잘했고, 하 외총관의 일을 많이 줄여주고 있었다.

"단주님 이쪽 일은 어떻게 처리합니까?"

"아, 그거라면 저쪽에 처리 방법에 대해서 써놨으니, 그

대로 진행하면 될 겁니다."

고개도 돌리지 않고 손가락으로 한쪽을 가리킨 하 외총관은 정신없이 서류를 읽고 직인을 찍는 것을 반복하고 있었다.

그러면서도 간간히 잘못된 것들은 정확하게 찾아내어 반려하고 있었다.

그 모습을 보며 망태강은 고개를 흔든다.

금화상단을 이 정도 규모로 키웠기에 나름 황금충이라 불리는 하 외총관에 밀리지 않을 자신이 있었는데, 이건 뭐 자신과 비교 할 수 없는 수준으로 일을 하는 것이 아닌가?

아무리 생각해도 자신에 비해 최소 두 배는 더 많은 일을 처리하고 있었다.

만금상단에서 빼돌렸던 자금을 금화상단에 투자함으로서 금화상단의 규모는 엄청난 속도로 커지는 중이었다.

갑작스레 규모가 커지면 자연스럽게 사람들의 이목을 사로잡는 법이지만, 그마저도 피해 갈 수 있도록 완벽에 가깝도록 하 외총관은 모든 일을 지시하고 있었다.

그렇게 한참을 정신없이 일을 하던 그가 자리에서 일어선 것은 아침 해가 떠오르기 전이었다.

"후…… 피곤하군."

"대단하십니다."

진심으로 감탄하는 얼굴로 자신을 바라보는 망태강에게 하 외총관은 피식 웃어주곤 직접 한쪽에 마련되어 있는 다기를 이용해 차를 끓여낸다.

쪼르륵―

"실력은 그리 좋지 않지만, 피로를 풀어주는 효능을 가진 차네."

과연 그 말처럼 조금 마셨을 뿐인데 머리가 맑아지는 것 같았다. 게다가 피곤했던 몸을 조금이지만 풀어주는 듯한 기분이다.

"당장은 이렇게 일을 하는 수밖에 없지만 상단이 제대로 자리를 잡고난다면 이런 식으로 일을 하는 경우는 거의 없지. 밑에서부터 잘못된 서류들을 전부 걸러주니까."

"음…… 언제쯤 그리 될 지."

"그리 오래 걸리지 않을 것이네. 본래 만금상단에서 일하던 자들을 하나 둘 불러 모으고 있을 뿐만 아니라, 다른 상단에서도 유능하지만 인정을 받지 못하고 있던 자들을 데려오고 있지. 그들이 자리를 잡고 난다면 금화상단은 좀 더 유기적으로 움직이게 되겠지. 만금상단이 그러했듯 말일세."

"만금상단에서 성공했다고 해서 금화상단에 그대로 적용 된다고 볼 수는 없지 않습니까? 엄연히 기초가 틀린 상단이지 않습니까?"

만금상단은 처음부터 황금충이라 불리던 하 외총관이 만들었기에 가능했을 지도 모르지만, 금화상단은 망태강 본인이 만들었기에 불가능하다고 생각했다.

하지만 하 외총관은 그 질문을 기다리기라도 했던 듯 빙 긋 웃었다.

"우리가 지금 이 밤을 지새우며 일을 하는 이유가 무엇이라 생각하는 것인가? 금화상단의 기본을 다시 세우고 있기 때문이지. 만금상단의 모든 것을 이곳에 적용시킬 필요는 없지만, 어느 정도 적용시킬 필요는 있다네. 상단이라는 것은 살아있는 동물과도 같아 조금만 판단이 늦어져도 큰 손해를 보기 마련이지. 그런 손해를 최소화하기 위해선 아랫사람들의 판단력이 중요해야 하는 것이야. 그러기 위해 우리 수뇌들은 그들의 모범이 되어야 하는 것이고."

"돈이 걸려있는 이상 부정은 일어날 것입니다."

"당연하겠지. 부정이 들통하면 상단의 모든 것을 동원하더라도 처참한 결과를 보여주어야 한다네. 일벌백계라 하여 그보다 좋은 본보기는 없겠지."

"반발이 있지 않겠습니까?"

"그것을 막기 위해 충분한 당근을 제시해야 하겠지. 후후후, 너무 걱정하지 말게나. 만금상단을 통해 많은 것을 실험해 봤다네. 그때의 실패를 생각하며 일을 한다면 더 좋은 결과를 낼 수 있을 것이라 믿어 의심치 않네."

확고한 그의 대답에 망태강은 더 이상 말하지 않았다.

그 역시 그것을 몸으로 체감하고 있기 때문이다.

하 외총관이 금화상단을 손대기 시작한지 얼마 지나지 않았음에도 불구하고 수많은 부정부패를 뿌리부터 뽑아내었고, 체질 개선을 통해 다른 상단과 확실히 차이 나는 경쟁력을 갖추게 되었다.

특히 그가 데려오는 사람들마다 자신의 위치에서 뛰어난 활약을 보이며 상단에 수많은 이득을 가져다주고 있었다.

오죽하면 자신의 상단의 사람이라며 되돌려 달라 소란을 피우는 상단도 있었다. 정작 데리고 있을 때는 제대로 부리지도 못했으면서 말이다.

요즘 무림대회로 떠들썩한 태랑상단을 제외한다면 금화상단은 이미 십대상단들 중에서도 수위에 놓여 있다고 봐야 했다.

'아니, 어쩌면 벌써 천하삼대상단의 자리에 올랐을 수도 있지.'

근래 처리하는 일들은 망태강도 제대로 파악하고 있지 못할 정도로 빠르게 처리되고 있었다.

아직 외부에 드러내지 않은 곳들까지 전부 정식으로 상단으로 흡수를 한다면…… 충분히 그럴 수도 있을 것 같았다.

'대단하다. 정말……'

애초에 상업에 대해 배우기 위해 나섰던 그였기에 하 외총관의 일을 돕는 것이 즐겁지 않을 수 없었다.

매일매일을 배우는 자세로 나오는 망태강을 하 외총관 역시 대단히 반기고 있었다. 하나를 가르치면 둘, 셋을 알아듣는데다 머리가 트여 있었다.

상단을 운영하면서 가장 필요한 것이 트인 머리였다.

이미 하 외총관은 그를 자신의 후임으로 생각하고 자신의 모든 것을 가르치고 있는 중이었다.

"그런데 신강으로 물건을 보내는 것 말입니다. 최대한 감추고 있다고는 하지만 오래 감출 수는 없을 것 같은데 괜찮겠습니까? 아직 신교와 본 상단의 관계는 드러나선 안 되지 않습니까? 아니, 되도록 드러내면 안 되지 않습니까."

"신강에는 도적들이 제법 많다고들 하더군."

"예?"

갑작스런 이야기에 고개를 갸웃거리는 망태강.

신강 이북으로 마적들이 제법 있는 것은 사실이지만 십만대산이 있는 곳과는 거리가 제법 멀다.

"후후, 신강을 통해 서역과의 거래를 하게 되면 감숙을 통하는 것보다 훨씬 더 빠르게 움직일 수 있게 된다네. 그러기 위해선 도둑놈들 따위에 굴할 수는 없지 않은가. 몇 번이고 도전을 해야지. 길을 개척 할 때까지."

45

"……아!"

그제야 무슨 말인지 알아듣겠다는 망태강을 보며 하 외총관은 웃었다.

서장과의 거래를 위해선 감숙의 옥문관을 통해 움직여야 한다. 하지만 생각해 본다면 신강을 직접 통하는 편이 더 빠르게 움직일 수 있었다.

그동안 그러지 못했던 것은 길을 개척하지 못했기 때문도 있지만, 신강 북부에는 수많은 마적들이 도사리고 있기 때문이었다.

그나마 옥문관을 통해 가는 길은 마적들이 드문드문 모습을 드러내긴 하지만, 이미 충분한 준비를 한 상단들이라면 대비를 할 수 있을 정도였지만 신강은 그러질 못하고 있었다.

금화상단에선 그것을 노려 일부러 신강을 통하는 길을 뚫으려 움직이고 있는 것이다.

그 와중에 마적으로 위장한 자들에게 물건을 빼앗긴다 하더라도 큰 문제는 없을 터였다.

"하…… 거기까지 생각을 하시다니. 중원의 누구도 눈치 채지 못할 겁니다."

"세상에 완벽하다는 것은 있을 수 없는 일이지만, 간단하게 눈을 속이는 일은 어렵지 않은 법이지. 어쨌거나 그쪽도 이미 작업에 들어갔다고 하니 조만간 눈에 띌만한 일을 하지 않아도 될 것이네."

"조심해서 옮겨라! 또 구해오려면 시간이 많이 걸리는
물건들이니까!"

"예!"

거력마옹의 말에 그의 휘하에 있던 무인들이 힘차게 대
답을 하며 물건들을 옮긴다.

마적으로 위장하여 금화상단의 물건을 인수한 그들은
무공을 적극 활용하여 물건들을 가져다 나르고 있었다.

보통이라면 결코 있을 수 없는 일이지만, 천마신교라 이
름이 붙은 이곳에선 당연한 일로 받아들이며 열심히 일을
하고 있었다.

이미 성을 쌓기 위한 준비를 위해 일단의 무인들이 인근
의 석산으로 이동을 하여 성벽의 재료가 될 돌을 만들어내
는 중이었다.

무공을 이용해 반듯하게 잘려진 돌들이기에 쌓기에도
편해서 금방 멋들어진 성벽을 쌓아 올릴 수 있을 것이었다.

"우리가 앞으로 살아야 할 곳이니 다들 불만 가지지 말
고 열심히들 해라! 우리의 가족들도 살아야 하는 곳이니
튼튼하게 지어야 할 것이다!"

거력마옹의 외침에 무인들은 고개를 끄덕이며 묵묵히
일에 집중했다.

비단 이들 뿐만 아니라 천마신교가 들어설 곳에선 대규모 공사가 한창 이루어지고 있었다.

금화상단을 통해 조달받은 물건과 장인들의 설계와 지시로 빠른 속도로 올라가는 건물들.

당장은 머물 수 있는 여러 전각들이 올라가고 있는 중이지만, 시간이 흐른 뒤에는 지금 짓는 곳들을 내성으로 구분하고 따로 성의 규모를 확장하여 외성을 만들 계획이었다.

그야 말로 십만대산 전체가 천마신교의 영역이 되는 것이다.

온 사방에서 뚝딱거리는 소리가 들려오는 가운데 도현을 위시한 수뇌부 몇이 한 자리에 모였다.

"대충이나마 건물이 자리를 잡고 성벽을 세우는데 두 달 정도의 시간이 걸릴 것 같습니다. 그 뒤라면 충분히 개파식을 치르는데 문제가 없을 것 같습니다."

오 장로 마선의의 말에 모두들 만족스런 얼굴로 고개를 끄덕인다.

지금까지의 과정이 꽤 힘들었지만 도현이 생각하는 천마신교의 이상향을 모두에게 발표를 한 뒤 부쩍 의욕이 높아져 솔선수범하여 천마신교의 건물을 쌓아올리고 있는 모두들이었다.

지난 천마성이 그러했듯 천마신교 역시 천하 마인들의

요람이 되어 줄 것이었다.

뿐만 아니라 이젠 마인 본인만이 아닌 그들 가족까지도 감싸 줄 수 있는 진정한 의미에서의 마인들의 요람이 될 것이었다.

"굳이 개파식을 치를 필요가 있습니까?"

"꼭 필요합니다. 모두의 사기를 증진시키고 세상에 천마신교가 있다는 것을 알리기 위해서라도 말입니다."

단호한 얼굴로 말하는 이 장로를 보며 도현은 한숨을 내쉬었다.

천마신교는 이제 자리를 잡아가는 와중이니 만큼 도현으로선 굳이 허례허식처럼 보이는 개파식을 치르고 싶은 마음이 없었다.

하지만 장로들의 의견은 확고했다.

개파식은 한 문파가 세상에 세워졌음을 알리는 의식이기에 장로들은 대대적인 개파식을 생각하고 있는 것이다.

"개파식은 하지 않습니다."

"교주님!"

도현의 단호한 말에 깜짝 놀라는 장로들.

"아직 본교의 기틀이 잡히지 않은 상황에서 개파식을 치른다는 것은 어려운 일입니다. 게다가 굳이 개파식을 치르지 않더라고…… 본교의 이름을 알릴 수 있는 방법은 상당히 많습니다."

"허…… 어찌하실 생각이십니까?"

워낙 단호해보이는 도현의 얼굴에 어쩔 수 없다는 듯 고개를 흔들며 이 장로인 월영마검이 묻자 도현은 생각해둔 바가 있다는 듯 곧장 입을 열었다.

"지금 무림에 재미있는 대회가 열리더군요."

"무림대회를 말씀하시는 것입니까? 분명…… 태랑상단이 개최하는?"

"그렇습니다. 지금 무림대회에 모든 이들의 시선이 집중되어 있습니다. 덕분에 본교의 일이 더욱 수월해진 것은 사실이지요."

"그렇기는 합니다만……."

왜 지금 상황에서 무림대회 이야기를 하는 것인지 모르겠다는 장로들에게 도현은 삼 장로인 혈영신투에게 시선을 주었고 그는 알겠다는 듯 고개를 끄덕이며 자리에서 일어섰다.

천마신교라 이름을 정하고 도현이 가장 먼저 한 것은 혈영신투로 하여금 다시 정보력을 가동시키게 한 것이었다.

본래 천마성의 정보력이었던 그것은 이젠 완벽하게 천마신교의 것이 되어 가동되고 있었는데, 이전에 비하면 좀 약한 부분이 있기는 했지만 막대한 자금이 투입되면서 빠른 속도로 이전과 비슷할 정도로 많은 정보가 쏟아져 들어오고 있었다.

"현 무림의 상황은 모두들 알고 계실 것입니다. 그리고 교주님께서 말씀하신대로 근래 중원 무인들의 이목을 이끌고 있는 것은 태랑상단에서 주최하는 무림대회인데……이 무림대회의 뒤에 혈교가 있는 것으로 생각되고 있습니다."

"……!"

모두들 깜짝 놀라 혈영신투를 바라본다.

"아직 추측일 뿐입니다만, 저나 교주님은 놈들일 것이라 확신을 하고 있습니다. 태랑상단이 십대상단의 하나인 것은 분명하지만 이렇게 대규모의 무림대회를 개최할 정도의 배짱이 있다고 볼 수는 없습니다."

"상단이니 돈을 벌기 위해 움직인 것은 아닙니까? 그렇지 않아도 태랑상단이 이번 일로 인해 많은 돈을 벌어들이고 있다고 들었는데?"

사 장로인 흑혈도마가 자신이 들은 이야기를 해주자 혈영신투는 고개를 끄덕였다.

"이번 일로 태랑상단이 많은 돈을 번 것은 사실입니다. 뿐만 아니라 자신들의 이름을 전 중원에 널리 퍼트린 것까지 생각을 한다면 대단히 뛰어난 효과를 보고 있다고 볼 수도 있는 일입니다. 여기까지는 어느 정도 이해를 할 수 있다고 보지만…… 입수한 정보에 따르면 태랑상단에 정체를 알 수 없는 무인들이 수시로 오간다하더군요. 도저히 정체를 알 수 없었는데 얼마 전 우연히 놈들 중 한 놈에게서 혈기(血氣)를 흘리고 있는 것을 확인했습니다."

"함정일 가능성은?"

"반반입니다만…… 상관없지 않겠습니까? 그렇지 않습니까, 교주님?"

모두의 시선이 도현에게 향한다.

어느새 회의장을 휘감는 진득하면서도 강력한 마기가 도현의 몸에서 흘러나오고 있었다.

天魔武士

3章.

3 章.

"구룡무관이라⋯⋯."

눈앞에 굳게 문을 닫은 채 서 있는 구룡무관을 보며 허독량은 재미있다는 듯 주변을 둘러본다.

그의 주변에는 정체를 감춘 혈교의 호위대와 함께 태랑상단의 사람들이 가득 서 있었다.

"준비가 끝났다고 합니다."

"들어가 보자고."

"문을 열어라!"

어느새 곁에 다가와 고개를 숙였던 상단주가 고개를 들며 외치자 언제 안으로 들어간 것인지 거대한 성문이 활짝열리기 시작했다.

태랑상단주는 이제 조금씩 백발이 보이기 시작하는 중년인이었는데, 우직하게 생긴 얼굴이 오히려 독특하게 느껴지는 인상으로 다가오는 자였다.

부모에게 물려받은 태랑상단은 본래 십대상단의 하나였지만 그 자리는 말석에 가까웠는데, 그가 이어받은 후 규모가 더욱 커져 이젠 십대상단에서도 상석에 위치하고 있었다.

무공은 익히지 않았지만 몸 단련은 꾸준히 한 것인지 나이에 맞지 않는 건강한 육체를 유지하고 있었다.

쿠구구……!

낮은 진동과 함께 열리기 시작한 성문.

구룡무관이 폐쇄된 이후 처음으로 문이 열리는 것이기에 이것을 구경하기 위해 몰려드는 사람도 있었다.

"정리해라."

"예!"

상단주의 명령에 즉시 구룡무관 안으로 들어서는 일련의 사람들.

구룡무관은 태랑상단이 개최하고 있는 무림대회의 본선이 열릴 장소로 선택받은 상태였고, 이를 위해 상단에선 적극적으로 구룡무관을 이용할 생각이었다.

본래 구룡무관에는 크고 작은 연무장이 수도 없이 많았기에 대회를 열기 위해 따로 연무장을 설치할 필요 없이 관중석만 만들면 되기에 나쁘지 않은 장소였다.

또한 대회가 열리는 동안 무림인들이 머물 수 있는 장소까지 제공을 할 수 있음이니 아주 좋은 것이다.

위치적으로도 나쁘지 않아 이번 기회에 태랑상단에선 이곳을 사들이려 했지만, 아무래도 그 상징성 때문인지 백도맹과 사황성에서 반대를 해왔기에 이번 대회기간 동안만 빌려쓰는 것으로 마무리 할 수밖에 없었다.

이를 위해 양 세력에 막대한 자금이 투입된 것은 당연한 일이었다.

"제법 잘 지었군."

말은 그렇게 하지만 허독량의 얼굴에는 비웃음이 가득하다.

무림을 이끌어갈 인재를 키우기 위해 만들었다고 들었지만 애들 소꿉장난도 아닌 이런 곳에서 과연 실력을 키울 수 있는 것인지 의심이 들었던 것이다.

하지만 그보다 한때는 무림의 중요한 곳으로 취급받던 곳에 혈교도인 자신이 있다는 사실이 재미있었다.

자신이 이곳에 있음에도 불구하고 그 사실을 모르는 중원 무림이 너무나 우스웠다.

'본교의 힘이라면 이 정도 무림 정도는 손쉽게 쓸어버릴 수 있을 것을, 왜 사부님께선 신중해 하시는 것인지 모르겠군.'

허독량의 지휘 아래 무림대회를 위한 준비가 서둘러 진행되기 시작했다.

"아…… 그렇지. 대회에 자리를 만들도록. 그래…… 다섯 자리 정도면 되겠어. 우리도 좀 즐겨야지."

"알겠습니다."

허독량의 말에 상단주가 고개를 끄덕인다.

어차피 이번 대회는 다른 계획 없이 정상적으로 치러질 예정이었다. 그것만으로도 사황성이나 백도맹은 크게 분열하게 될 것이었다.

그렇다면 계획에 방해가 되지 않는 선에서 자신과 수하들 몇이 출전한다고 해서 나쁠 것은 없었다.

"이번 기회에 중원 무림의 실력을 확인해 볼까?"

그의 입가에 한가득 비웃음이 걸린다.

"이건 무엇입니까?"

눈앞에 놓인 상자를 보며 우혁이 아이들을 대표해 묻는다.

도현을 중심으로 도우혁, 마광호, 단리한, 예미영 그리고 무흔독검 이상윤이 자리에 앉아있었다.

"앞으로의 일을 생각한다면 너희들의 실력을 상승시킬

필요가 있어. 이건 그것을 위한 준비야."

"일단 열어보면 알겠죠."

달칵.

말과 함께 가장 먼저 자신의 앞에 있는 상자를 연 것은 광호였다.

상자가 열림과 함께 방 전체에 은은히 퍼지는 상쾌한 향.

온 몸의 피로를 씻어주기라도 하듯 강렬한 느낌에 다들 깜짝 놀라며 상자 안을 바라본다.

황금빛을 띄고 있는 작은 과일하나.

갓 태어난 아이의 주먹과 비슷한 크기의 그것을 보며 광호는 놀라지 않을 수 없었다.

"황금만년과(黃金萬年菓)!"

"설마?!"

재빨리 자신의 앞에 놓인 상자들을 열자 그곳에는 어김없이 뛰어난 효과를 보이는 영약들이 자리를 잡고 있었다.

하나 같이 가치를 매길 수 없는 희대의 영약들로 이것들 중 하나만 밖으로 흘러나가도 이것을 차지하기 위해 치열한 싸움이 벌어질 것이 분명했다.

"넌 안 열어봐?"

"음…… 제가 이 자리에 있어도 되는 것인지 솔직히 궁금합니다."

상윤은 자신이 왜 이 자리에 있는 것인지 아직 알지 못하고 있었다.

물론 자신이 작은 도움을 준 것은 사실이지만 눈앞에 있는 영약을 받을 정도의 도움을 준 기억도 없지만, 생각 없이 이것을 받을 정도도 아니었다.

"왜? 두렵나?"

"그렇습니다. 교주님께서 왜 제게 다른 분들과 같은 영약을 내리시는 것인지 알 수 없으나, 이것을 받게 된다면 이곳 신교에서 영원히 벗어 날 수 없을 것이란 생각이 듭니다. 제 목표는 어디까지나 사문의 부활이지 제 한 몸 편하자고 어딘가에 소속되는 것이 아닙니다."

"하하하!"

거침없는 상윤의 말에도 도현은 크게 웃기만 할 뿐 다른 이야기를 하지 않는다.

자리에 함께 한 아이들도 그제야 도현과 상윤을 쳐다보며 침묵을 지킨다.

생각해보면 상윤이 이 자리에 있어야 할 이유가 없다는 것을 깨달은 것이다.

그들의 궁금증을 풀어주기 위해 도현은 웃음을 참으며 천천히 말문을 열었다.

"앞으로 본교가 무림에서 확고한 자리를 잡기 위해선 믿을 수 있는 고수들을 필요로 하는데, 이 자리에 있는 자들은 내가 믿을 수 있다고 판단했기 때문이다. 상윤 너를 제외한다면 모두들 함께 공부하고 자란 친구들이지. 무흔 독검에 대해선 오래전부터 관심을 가지고 있었고, 그대의 사문에 대한 것이라면 나도 어느 정도 알고 있어. 그대에게 조건을 제시하지."

"조건…… 입니까?"

"날 믿고 따라라. 대신 그대의 사문을 재건하는 것을 돕도록 하지. 모든 일이 끝난 뒤 그대는 재건된 사문의 주인이 되어 있을 것이다."

도현의 딱 부러지는 말에 상윤은 고민이 되는 듯 잠시 눈을 감는다.

'나쁘지 않은 조건이다. 지금보다 강해 질 수 있다면…… 천마신교는 아직 세상에 알려지지 않았지만 어느 곳보다 강한 곳이니 이들의 도움이라면……'

고민은 길지 않았다.

탁.

손을 뻗어 영약이 든 상자를 자신의 쪽으로 당기며 상윤은 말했다.

"믿겠습니다."

"물론."

달칵.

상자를 열자 그곳엔 검은 구슬과도 같은 것이 하나 들어 있었는데, 아무도 그것의 정체를 알지 못했지만 상윤은 보는 순간 알 수 있었다.

왜 모르겠는가?

그토록 오랜 시간 찾아 헤맨 물건 중 하나인데.

부들부들.

"독영사단(毒塋舍丹)."

"바로 알아보는군."

"왜, 왜 모르겠습니까. 본문에서 그토록 오랜 시간 찾아다닌 보물 중의 보물인데. 이걸, 이걸 정녕 제게 주셔도 괜찮으시겠습니까? 이것의 가치는 말로 다 할 수 없을 정도입니다."

몸을 떨면서도 도현을 보며 말하는 그.

독영사단에 욕심은 나지만 그 가치를 너무나 잘 알기에 다시 되묻는 것이다.

그 모습에 도현은 만족했다.

자신의 눈이 틀리지 않았다는 것을 지금의 한 마디로 증명한 것과 마찬가지인 것이다.

독영사단은 독공(毒功)을 익힌 자들에겐 목숨과도 바꾸어 가지려 할 정도로 희귀한 영약이었다.

독공을 익힌 자들이 최후로 목표하는 것이 독인(毒人)인데 독영사단이라면 충분히 그 길로 이끌어 줄 수 있기 때문이었다.

독영사단은 천하 독물들이 죽음을 맞을 때 한곳에 이끌려가 죽음을 맞이하는데, 그곳을 지독(池毒)이라 부르는데 그런 지독이 천년을 넘는 시간을 이어가면 자연스럽게 사라진다.

이때 사라지는 지독이 응축되며 남기는 것이 바로 독영사단인데 지독 자체가 찾기 어려운 것도 있지만 모든 지독이 독영사단을 남기는 것은 아니었다.

마지막으로 독영사단을 취했던 인물이 독인이 되어 천하를 호령하고 독문을 세웠던 것만 보아도 그것이 얼마나 귀한 것인지 알 수 있을 정도였다.

독문 최대의 과제가 독영사단을 구하는 것임을 생각한다면 그것이 눈앞에 있는 지금 상윤은 꿈과 같은 시간일 것이다.

"널 위한 물건이다. 내겐 필요 없는 것이지."

"……감사합니다. 이 보답은 꼭……!"

굳은 얼굴의 상윤을 보며 도현은 빙긋 웃어줄 뿐 더 이상 입을 열지 않았다.

상자에 담긴 영약들은 각자의 무공 성향에 맞추어 도현이 꺼내어 놓은 것들이다. 최대의 효과를 위해 준비한 것이다.

마치 이런 때를 대비하기라도 한 듯 무황은 수많은 영약들을 준비했었고, 그것들이 이젠 도현에게 막강한 힘으로 돌아오고 있었다.

무황총에서 가져온 영약은 조금이지만 아직도 남아 있었고, 그것들은 차후 천마신교의 미래를 위해 쓰여 질 예정이었다.

"할 수 있는 만큼 강해져라. 너희의 땀과 피는 본교의 바탕이 될 것이고 큰 기둥이 될 것이니, 자신을 믿고 수련에 힘을 쏟아야 할 거야. 나 역시……."

천천히 자리에서 일어서는 도현.

"천마란 이름에 걸맞을 실력을 갖출 생각이니까."

아직 신교에는 폐관 수련실이 없기에 각자 수련을 위해 십만대산의 곳곳으로 움직였다.

나중에는 신교에 폐관 수련실을 만들어야 하겠지만, 당장으로선 어쩔 수 없는 일이었다.

지금은 교에 당장 필요한 건물들을 세우는 것만으로도 정신이 없을 정도였으니까.

그러던 어느 날이었다.

"교주님!"

평소 표정을 잘 드러내질 않는 이 장로가 한 것 흥분한 얼굴로 도현을 찾았다.

"이만한 크기라면 그 가치가……."

도현을 데리고 왔음에도 불구하고 아직도 놀란 가슴이 진정되지 않는 것인지 이 장로의 얼굴엔 흥분한 기색이 역력하다.

아니, 그 뿐만 아니라 이 자리에 몰려온 모든 무인들이 대단히 흥분을 하고 있었다.

성벽을 만들기 위해 채석을 하던 석산(石山)에서 작은 집과 맞먹는 크기의 만년한철이 출토된 것이다.

만년한철은 무척이나 귀한 것으로 만년한철이 얼마 섞이지 않은 검조차 보물로 취급 받을 정도였다.

만년한철의 가장 큰 특성은 내공에 대한 반발이 없다는 것과 그 강도가 끝을 알 수 없을 정도이기 때문에 어지간한 것에는 상처조차 나질 않는다.

심지어 검기로도 말이다.

최소한 만년한철로 이루어진 물건에 상처를 내기 위해선 강기(罡氣)가 아니면 안 될 정도였기에 보물 취급을 받는 것이다.

그런 것이 이렇게 대규모로 모습을 드러냈으니 어찌 놀라지 않을 수 있겠는가.

만약 도현이 마음먹고 이것을 사용해 무구를 만든다면 천마신교 무인들 전부가 만년한철이 섞인 무기를 만들 수 있을 정도였다.

그렇기에 다들 흥분한 얼굴로 만년한철을 바라보고 있는 것이다.

"어떻게 했으면 좋겠습니까?"

도현의 물음에 월영마검은 잠시 고민하는 듯 하더니 입을 열었다.

"반절만 사용해도 만년한철을 섞은 무기를 전체에 보급하고도 남음이 있을 것입니다. 굳이 만년한철로만 이루어진 무기를 만들 필요는 없을 것이라 생각됩니다."

이 장로의 말에 도현은 대답 없이 고개만 끄덕인다.

도현 역시 그리 생각하고 있었다.

굳이 만년한철로만 된 무기를 만들기 보다는 만년한철을 조금이라도 섞은 무기를 만드는 것이 훨씬 더 만들기 편하다.

그 강하기만큼 만년한철로만 무엇을 만들려 한다면 상상을 초월하는 힘을 필요로 하기 때문이다.

'그런 의미에서 보자면 무황은 진짜 괴물이었을 지도 모르겠군.'

무황총에 있던 것들을 생각하면 그런 결론이 날 수밖에 없다. 그곳에 잠들어 있는 양만 하더라도 엄청난 것이었으니까.

당장 필요한 것이 아니라 그냥 두고 왔지만, 언젠가 필요하다 생각된다면 가져오려 했는데 이젠 그럴 필요가 없어졌다.

눈앞의 만년한철만 하더라도 어마어마한 양인 것이다.

"당장 이것을 제련할 대장장이가 부족하겠군요."

"그것은 차근차근 구해보면 될 일이 아니겠습니까?"

이 장로의 말에 도현은 고개를 끄덕이며 자신의 허리춤에 걸린 검을 뽑아 들었다.

온통 묵색인 그것은 악의의 동굴에서 발견했던 것으로 이제까지 사용치 않고 있었지만 우혁이 천마성이 무너지던 그 상황에서도 끝까지 지켜온 것이었기에 이젠 도현이 사용하고 있었다.

처음에는 몰랐지만 지금은 알 수 있었다.

자신의 손에 들린 검의 가치와 그 효능에 대해서.

만년한철을 위주로 만들어진 것임은 분명하지만 그 이외에도 정체를 알 수 없는 무엇인가가 섞여 만들어진 도현의 검은 그 날카로움은 말할 수 없을 정도였고, 도현의 막대한 내공을 받아들이고서도 어떠한 반응도 보이지 않을 정도로 폭넓은 강성을 자랑했다.

하지만 가장 중요한 것은 마기(魔氣)를 증폭시켜 준다는 것이다.

그렇지 않아도 엄청난 마기를 뿜어내는 도현이 이 검을 들고 있으면 질식할 정도로 막대한 기운을 뿜어내곤 했다.

그리하여 도현은 이 검에 이름을 붙이길.

천마검(天魔劍)이라 했다.

우우우!
압축된 막대한 기운이 봇물 터지듯 천마검을 통해 흐르기 시작했고, 금세 검강을 일으킨다.
무려 일장에 가까운 엄청난 길이의 검강이 모습을 드러내자 그것을 보고 있던 자들의 눈이 휘둥그레진다.
천마검의 모습과 같은 묵 빛 검강은 천천히 만년한철을 가른다.

天魔血士 4章.

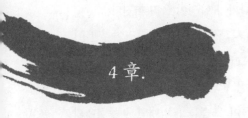

4 章.

"오늘 이 자리에 모여주신 무림동도 여러분들께 진심으로 감사의 말씀을 드립니다. 본 상단에서 무림 영웅 분들을 위해 개최한 이번 대회가 부디 무림의 미래를 위해 좋은 역할을 하길 바라며 무림대회의 본선 개최를 이 자리에서 선언하는 바입니다!"

"와아아아-!"

태랑상단주의 선언에 대회장에 모인 이들의 함성이 천지를 뒤흔들 정도로 강렬하게 울려 퍼진다.

많은 준비를 거쳐 마침내 오늘 태랑상단주의 선언과 함께 무림대회의 본선이 치러지는 것이다.

정확히는 시합은 내일부터이고 오늘은 무림대회의 개회

선언과 본선진출자들의 명단 발표와 시합개최 방법에 대해 발표를 하는 날이었다.

워낙 많은 곳에서 예선이 치러지는 바람에 본선진출을 한 사람들에 대해 많이 알려지지 않았던 상황이기에 한 명한 명 호명 될 때마다 떠나가라 함성이 울려 퍼진다.

처음으로 호명이 되기 시작한 것은 아직 무명이지만 이번 예선을 통해 두각을 드러내기 시작한 자들로 그들의 등장에 많은 무림인들이 눈을 빛낸다.

그 뒤로 점차 유명인들이 모습을 드러내면서 무림대회장은 서서히 달아오르기 시작했다.

대회의 본선에 진출한 무림인은 모두 백 명을 조금 넘기는 수준이었는데, 이들이 차례로 경기를 벌이면 언제 끝날지 모르는 상황이기에 태랑상단에선 구룡무관의 거대한 연무장들을 적극적으로 활용했다.

대회장을 크게 네 등분하여 단숨에 네 경기가 열리게 만든 것이다.

본선진출자들을 모두 네 개조로 나누어 경기를 치르는 것이다. 조를 나누는 것은 이 자리에서 즉시 진출자들의 손에 의해 갈라졌는데.

암막이 쳐진 상자 안에 네 가지 색상의 구슬을 넣고 그것을 뽑는 것으로 결정을 내리는 것이다.

자칫 비정상적으로 사람이 많은 조가 만들어질 수 있지

만, 정확하게 네 개조로 나눈 뒤 인원수가 다 차면 해당 공을 빼버리는 방식으로 인원 배분을 하면서 태랑상단이 이번 대회를 위해 많은 고민을 했다는 것을 간접적으로 보여주었다.

"하! 1조는 첫 경기부터 박진감이 넘치겠군 그래! 섬전독안과 백검이라니! 지독한 악연의 두 사람이지 않는가?"

"어디 그뿐인줄 아는가? 4조의 다섯 번째 경기는 사독문주와 태양문주의 경기가 내정되어 있다네! 그 두 사람으로 말하자면 견원지간 이상이라 입이 아플 정도가 아니던가. 무림대회가 아니었다면 결코 싸우는 것을 볼 수 없었을 것이네!"

"하긴 그렇지! 어쨌거나 이번 대회로 인해 재미있는 싸움이 연신 펼쳐질 것 같군 그래. 입장권이 비싸긴 하지만 그만한 가치가 충분히 있겠지."

"벌어들인 수익은 또 불쌍한 백성들을 위해 사용한다고 하니 그리 나쁜 것도 아니지!"

구룡무관 안에 임시로 만들어진 주막과 객잔에서 수많은 이야기들이 흘러나오고 있었다.

태랑상단에서 수많은 돈을 들여 임시로 빌린 구룡무관은 완벽하게 지난 모습을 버리고 태랑상단이 원하는 대로 개조가 된 상태였다.

수많은 건물들이 술과 음식을 팔고, 묵어 갈 수 있는 곳으로 바뀌었을 뿐만 아니라 대회 진출자들을 위한 휴식 공간까지 전부 배정되었다.

엄청난 규모를 자랑하는 구룡무관이기에 가능한 일이었지만, 그럼에도 불구하고 너무 많은 인파가 몰리며 구룡무관에서 수용을 하지 못해 무한으로 많은 이들이 흘러가고 있었다.

구룡무관이 문을 닫은 이후 잠시 휘청했지만 곧 지리적 이점을 살려 다른 길을 모색하고 있던 무한의 상인들은 오랜만에 들이닥친 수많은 사람들로 인해 화색을 띄고 있었다.

아니, 무한 전체가 크게 들떠 있다고 봐야 했다.

"이번 대회를 위해 총 투자된 자금은 황금 백만 냥이 들었습니다만, 각 지역 예선을 통해 수거된 자금은 황금 사십만 냥이며 대회 첫날인 오늘 입장권을 비롯한 여러 가지들로 십만 냥을 추가로 벌어들였습니다. 이 기세라면 대회 마지막 날까지 충분히 손해를 만회할 수 있을 뿐만 아니라 오십만 냥 이상의 이득을 올릴 수 있을 것으로 예상됩니다."

총관의 보고에 태랑상단주 왕도군은 고개를 끄덕이곤 결제를 끝난 서류를 그에게 건넨다.

"이득금의 대부분은 기존에 이야기를 한 대로 처리하도록 하게. 어차피 이번 대회를 개최하면서 본 상단이 얻은 이득은 말할 수 없을 정도이니 좋은 인상을 남기는 것이 좋겠지."

"그리 처리하도록 하겠습니다."

고개를 숙이고 방을 빠져나가는 총관.

그가 나감과 동시 언제 방에 들어온 것인지 허독량이 집무실의 중앙에 놓인 의자에 편한 자세로 앉아 있었다.

"오셨습니까."

고개를 숙이는 그.

태랑상단주는 혈교의 공작에 의해 환혈마뇌고에 완벽하게 중독된 상태였다.

그렇기에 지금 그는 허독량을 자신의 상관으로 인식하고 있을 뿐만 아니라, 처음부터 자신이 혈교의 인물로 혈교를 위해 일을 하고 있는 것으로 기억이 조작된 상태였다.

그야 말로 혈교의 완벽한 꼭두각시가 된 것이다.

"지금 구룡무관에 몇 명이나 있지?"

"이런저런 인물들을 모두 합친다면 대략 1만에 달하는 인원이 있는 것으로 파악하고 있습니다. 이곳에 머물 수 있는 인원은 오천 가량이나 주점 등에서 이동을 하지 않는 인원이 제법 되는 것으로 파악하고 있습니다."

기다렸다는 듯 대답하는 왕도군을 보며 만족스러운 듯 고개를 끄덕이는 허독량.

이번 대회를 통해 혈교가 얻는 것은 무림의 숨은 고수들을 찾아 그들의 실력을 파악할 뿐만 아니라, 백도맹과 사황성의 분열을 가속화 시키는 것이었다.

특히 백도맹의 경우에는 구파일방과 오대세가 무인들로 하여금 자존심 싸움이 될 수 있는 구도를 만들기 위해 약간의 조작을 거친 상태였다.

당장 네 개조로 나뉜 곳에서 그들은 충돌하진 않겠지만, 차후 인원이 줄어 대회장에서 시합이 치러질 때쯤에는 치열한 자존심 싸움이 벌어질 것이 분명했다.

사황성 역시 마찬가지였다.

혈교에서 파악하고 있던 것보다 저들의 분열은 더 심한 것이었기에 어쩌면 대회가 끝남과 동시 좋은 소식을 들을 수 있을 것 같기도 했다.

돈 하나 들이지 않고 저들의 분열을 이끌어내는 셈이니 혈교로선 이보다 좋을 수가 없는 것이다.

"백도맹의 참석자는?"

"구파일방과 오대세가의 주요 인물들이 대거 참석을 했을 뿐만 아니라 그들이 내보낸 무인들 역시 상당한 수준에 이른 것을 확인했습니다. 쉽지 않은 승부가 예상됩니다."

"흐응…… 숙소는 따로 줬겠지?"

"예. 미리 계획한 대로 같은 구역에 묶여있지만 숙소 건물은 서로 다르게 배치했습니다. 오가는 동안 끊임없이 마주치도록 하면서도 사황성과 다른 구역을 주었으니 특별한 의심도 없을 것이라 판단하고 있습니다."

"나쁘지 않군. 큭큭, 우리 쪽에서 내보낸 자들은 적절히 섞어서 구파일방과 오대세가가 충돌하는 데 사용하도록."

"이미 조치를 취해놨으니 곧 좋은 소식을 들으실 수 있을 것입니다."

고개를 숙이며 말하는 왕도군.

그 모습을 보며 허독량은 그저 웃기만 한다. 모든 것이 자신의 계획대로 돌아가는 현실이 재미있다는 듯.

＊

건물 앞에서 만나기만 해도 으르렁거리는 무인들을 보며 남궁선은 좋지 않음을 느꼈다.

백도맹의 내분은 이미 오랜 시간 걸쳐온 만큼 그도 모르는 것은 아니었지만 그나마 사황성과 천마성이란 커다란 적이 있었기에 어느 정도 유지가 되고 있었다.

허나 천마성이 무너지면서 어느 사이에 구파일방과 오대세가는 돌이킬 수 없는 길을 걷고 있었다.

특히, 사황성이 스스로 무너질 기색을 보이기 시작하자 더욱 상황은 나빠지고 있었다.

'이럴 것이라면 차라리 천마성이 존재하는 것이 나을 뻔했다. 한순간의 공명심 때문에 많은 것을 잃었구나.'

쓰게 웃는 그.

검신(劍神)이라 추앙받으며 이제는 창천신검(蒼天神劍)이란 별호보다 검신이란 별호에 더 익숙해진 자신.

그 익숙함이 결국 스스로의 미숙함을 불렀고, 그 결과 왼팔을 잃어야 했으며 백도맹은 스스로 분열을 초래하고 있었다.

'생각해보면 녀석 때문이로군.'

근래 남궁선은 자신의 막내 제자인 제갈강을 의심하고 있었다.

당시에는 가장 선두에 서서 싸웠다는 인식 때문에 좋게만 보았지만 이렇게 뒤로 물러서서 보니 뭔가 이상하다는 것이 보였기 때문이다.

네 명의 제자들 중 가장 똑똑하고 출중한 실력을 갖추고 있었기에 두각을 드러내던 것은 맞지만 지금과 같은 지명도를 가지고 있지는 않았었다.

제갈강의 모든 것은 결국 천마성의 몰락과 함께 시작되었다고 생각해야 했다.

게다가 당시 천마성을 치도록 부추긴 것도 제갈강이었다.

'넌 대체 무엇을 꾸미고 있는 것이냐.'

의심하지 않을 수 없는 상황에서 막내에게 위기감을 느낀 세 제자들이 손을 잡은 채 대항하기 시작했고, 그에 남궁선은 은근히 그들에게 힘을 실어주고 있었다.

그 결과는 서서히 나타나더니 지금은 어느 정도 팽팽한 세력관계를 이루고 있었다.

삼대일이라는 숫자의 차이는 있지만 지금 중요한 것은 제갈강의 독주를 막는 것이기에 남궁선은 크게 생각하지 않았다.

"그날 이후 조용하다라……."

천마성이 무너진 이후 제갈강은 기묘할 정도로 조용했다.

외부의 활동을 거의 끊은 상태로 수련에 집중한다는 핑계로 밖으로 모습을 거의 보이지 않고 있었다.

물론 수련 중이라는 핑계를 댄 이상 모습을 보일 때마다 조금씩 그 성과를 보이고 있기는 하지만 의심스럽기는 마찬가지였다.

"놈의 곁에 붙어있는 것이 낙월이라는 자라고 했던가?"

"그렇습니다. 아무리 조사를 해봐도 어디 출신인지 전혀 알 수 없었습니다."

남궁선의 곁에 다가온 남궁후가 고개를 숙이며 답한다.

맹주의 집무실에는 아무나 들어올 수 없지만 남궁선의 오른팔인 남궁후는 예외였다.

"그자를 주시해라. 뭔가 알아낼 수 있다면 알아내야 할 것이니."

"믿을 수 있을만한 자로 이미 사람을 붙여 놓았습니다."

"잘했다."

고개를 끄덕인 남궁선은 아직도 밖에서 다투고 있는 사람들을 보며 한숨을 내쉰다.

정도(正道)의 가치를 내걸고 함께 움직여야 할 자들이 어찌 저리 다투는 것인지 도저히 알 수가 없었다.

뿐만 아니라 당장 보이는 적은 사황성 뿐이지만 혈교가 아직도 호시탐탐 기회를 노리고 있다는 것을 그는 알고 있었다.

아니, 백도맹의 수뇌들 모두가 알고 있었다.

그럼에도 불구하고 이런 일이 지속적으로 벌어지고 있는 것은 서로간의 감정의 골이 깊이 패였기 때문이기도 하지만 눈앞의 이득 때문이었다.

무림문파라고 해서 돈이 그냥 생기는 것은 아니다.

오히려 무인이기에 더 많은 돈을 필요로 하기에 각 문파는 자신들의 상권을 지키고 더 확장시키기 위해 노력한다.

그런 충돌이 구파일방과 오대세가 간에 크게 벌어지고 있었다.

특히 천마성을 무너트리며 얻은 만금상단과 천하전장은 갈등의 폭발을 일으키기에 충분한 것이었다.

사황성과 반으로 나눈 데다 워낙 많은 자금을 빼돌린 채 잠적해버린 탓에 얻을 수 있는 것이 많지 않았지만, 그들이 가지고 있던 천하의 각 지부들은 그대로였기에 그것만으로도 막대한 이득을 기대 할 수 있었다.

상단에서 가장 많은 자금을 필요로 하는 것이 각 지부를 개설하고 운영하는 것이었으니.

"지금 본맹의 자금은 어떻지?"

"그리 좋지 않습니다. 각파에서 들어와야 할 자금들이 이런저런 핑계를 대며 점차 늦어지고 있습니다. 이대로라면…… 오래 버티지 못할 것이라 생각합니다."

"그것이 저들이 노리는 것일 수도 있지."

"막아야 하지 않겠습니까?"

남궁후의 말에 남궁선은 쓰게 웃었다.

지금 상황에선 그가 쉽게 나설 수도 없었다.

남궁세가의 도움을 받는다면 그것 나름대로 빌미가 되어 분명 서로 헐뜯을 것이 분명했다. 게다가 현 남궁세가주는 이미 구파일방과 척을 지기로 한 것인지 자신의 말에도 큰 반응을 보이지 않았다.

"후…… 오늘 따라 이 팔이 왜 이렇게 허전한지 모르겠구나."

긴 한숨과 함께 비어버린 왼팔을 쓰다듬는 남궁선을 보며 남궁후는 안타까운 표정을 지었지만 입을 열지는 않았다.

욱씬.

아려오는 고통에 사독은 손으로 자신의 왼쪽 얼굴을 쓰다듬는다.

사라져 버린 왼쪽 눈.

이미 의안을 끼운 상태기는 하지만 본래 자신의 눈과 전혀 다른 것이니 이질감이 느껴 질 수밖에 없다.

"그나마 팔을 잃지 않은 것이 다행인가……."

쓰게 웃는 사독.

자신은 왼눈을 잃었지만 백도맹주는 왼팔을 잃었다.

무인이 눈을 잃는 것도 큰일이지만 팔을 잃는 것보다는 훨씬 나은 일이다.

패마의 마지막 일격에 본능에 따라 움직였던 것이 지금의 결과를 낳았다.

잃어버린 눈으로 인해 시야에 문제가 생겼지만 그 정도는 노력으로 얼마든지 이겨 낼 수 있는 문제다.

문제는 이렇게 비가 내리는 날이면 상처가 아려온다는 것이다.

쏴아아아–!

장대비가 쏟아지는 창 밖을 바라보는 그.

예전 같으면 빗방울 하나하나 모두 살펴 볼 수 있었겠지만 지금은 그렇게까지는 할 수 없었다.

아무리 노력해도 두 눈이 있는 것과 그렇지 못한 것에는 차이가 있는 법이니까.

쪼르륵―

빈 잔에 술을 채운다.

자신의 방에 홀로 앉아 술을 마시는 모습이 때론 청승맞아 보일 때도 있지만 오늘 같은 날은 그리 나쁜 것도 아니었다.

들려오는 빗소리에 마음이 정화되는 기분이었으니까.

근래 비가 잘 오지 않아 땅이 메말라가고 있었는데, 오늘의 비는 땅을 촉촉하게 적실 것이다.

"하늘에서 내리는 비는 생명의 비지."

쭈욱!

단숨에 술을 들이키는 그.

귓가로 연신 들려오는 빗소리가 기분을 나른하게 만든다.

막강한 힘으로 사파를 대표하던 사황성의 힘은 날이 갈수록 떨어지고 있었다.

딱히 사황성의 힘이 약해진 것은 아니었다.

그저 그동안 사독이 힘으로 누르고 있던 사파의 기질이 서서히 드러나기 시작하고 있을 뿐이다.

눈앞의 이득을 위해서라면 신의라곤 조금도 지키지 않고, 오직 자신의 안위만을 생각하는 자들.

사파의 미래는 조금도 신경 쓰지 않고 오직 눈앞에 떨어진 이득만을 추구하는 그들 때문에 사황성의 힘은 점점 약해지고 있었다.

백도맹이 구파일방과 오대세가간의 알력 싸움으로 그
힘을 다하지 못하고 있을 때, 재빨리 사황성의 힘을 정비
하여 그들의 힘을 갉아먹어야 할 테지만 그러지 못하고 있
는 데엔 다 이유가 있는 법이다.

"역시 사파는 안 되는 것인가……."

그렇지 않아도 쓴 술이 더 쓰게 느껴진다.

항상 중원 무림에서 무시당하던 사파의 명성을 여기까
지 끌어올린 것은 온전히 사독의 힘 때문이었다.

오로지 사파의 미래를 위해 달려왔던 그이지만 이젠 모
든 것이 부질없게 느껴지고 있었다.

특히 제자들의 다툼은 눈뜨고 보지 못할 정도였다.

세 제자가 한 자리를 두고 물고 뜯는 싸움을 연신 하고
있는 것이다.

물론 그것이 나쁘다는 것은 아니지만 문제는 사황성에
속한 대부분의 세력이 그들에게 붙어 싸우고 있다는 것이
문제였다.

덕분에 간단한 일 하나 조차도 서로 반목을 하느라 제대
로 해결되지 않고 있었다.

대표적으로 백도맹과 분할한 만금상단과 천하전장의 일
을 아직도 제대로 처리를 하지 못하고 있었다.

껍데기만 남았다곤 하지만 그들이 가지고 있는 유무형
의 자산은 엄청난 것이라 그것을 활용한다면 무수한 돈

을 벌어들일 수 있음에도 불구하고 내부적인 불협화음에 활용할 생각은 하지도 못하고 내버려두고 있는 실정이었다.

이대로라면 정말 쓸모없게 되어버릴 지도 몰랐다.

사황성의 주인이자 사파의 하늘인 사독이 직접 나선다면 어느 정도 해결이 되겠지만 그것이 만능은 아니기에 사독은 그냥 내버려두고 있는 상태였다.

"어차피 벌어질 상처라면 곪아터지기 전에 미리 짜낼 필요가 있지."

예리한 눈빛을 발하는 그.

이미 벌어진 일이기에 사독은 지금의 일을 억지로 봉합하기 보다는 터트려버릴 생각이었다.

비록 그로인해 사황성의 세가 크게 줄어든다 하더라도 개의치 않을 생각이었다. 어차피 분열할 것이라면 이번 기회에 분란을 일으킬만한 자들의 목을 치는 것도 나쁘지 않다고 생각한 것이다.

제자들에 대한 미련도 없었다.

필요하다면 다시 처음부터 제자를 키우면 될 일이다.

삼신으로 불렸던 세 사람들 중 가장 젊은 것이 그였고, 비록 눈 하나를 잃었지만 그 실력은 아직도 건재했다.

"제대로 된 놈들이 몇이나 남을까……."

쏟아지는 비를 보며 사독은 웃었다.

백도맹 뿐만 아니라 혈교 놈들도 언제 움직일지 모르는
상황이지만 사독은 이미 마음의 결정을 내리고 은밀하게
자신을 따르는 이들을 파악하고 있었다.

'내가 만든 곳이지만…… 이미 돌이킬 수 없는 균열이
가버렸어. 다음번엔…….'

탁!

술잔을 거칠게 내려 놓는 사독.

"제대로 된 곳을 만들어야 하겠지."

쏴아아아―!

내리는 비의 양이 점차 많아지더니 앞이 거의 보이지 않
을 정도가 되었고, 잠잠하던 바람까지 불기 시작한다.

폭풍우의 시작이었다.

◉

우우우웅……!

산에 있던 거대한 동굴을 손봐 만든 폐관실의 중앙에 앉
은 도현을 중심으로 검은 마기가 은은하게 안개처럼 퍼져
나간다.

선명한 기의 집합체인 마기들은 마치 살아있는 것 마냥
꿈틀대면서도 일정 거리 밖으로는 결코 움직이지 않는다.

이런 현상을 아는 것인지 모르는 것인지 가부좌를 틀고

눈을 감은 도현은 끊임없이 운기만을 지속한다.

아니, 운기조차도 그의 몸이 알아서 할 뿐 도현 그 자신은 무념무상의 세계에서 빠져나오지 못하고 있었다.

진정한 천마가 되기 위해 지금 도현은 수많은 노력을 하고 있었다.

그동안 깨달은 것들을 차곡차곡 정리하면서 완벽하게 자신의 것으로 녹이기 위해 노력을 할 뿐만 아니라 머리 속에 들어있는 수많은 마공들을 하나로 묶으려 들고 있었다.

천마성이 보유하고 있던 마공의 숫자는 그야 말로 엄청난 것이었다.

신공절학에서부터 무공을 만드는 도중 실패한 것들, 하급으로 분류되는 마공서까지.

그 종류를 헤아리면 수만 종에 가까웠지만 그것들을 하나로 집결시키기 위해 도현은 노력하고 있었다.

도현 본인이 익히고 있는 패천마공(覇天魔功)은 패마 본인이 보여주었듯 천하제일로 가는 길을 만들어 줄 무공이지만 무황의 고대무공을 익히며 도현은 새로운 길을 볼 수 있었다.

그리고 그 길은 패천마공 만으로는 도저히 걸어 갈 수 없었기에, 무황의 고대무공 뿐만 아니라 가지고 있는 모든 무공을 하나로 묶고 나서야 움직일 수 있을 것 같았다.

도현 스스로는 아직 모르고 있었다.

지금 자신이 걷고 있는 길이 얼마나 어렵고, 위대한 길인지를.

마종(魔宗).

그 길을 도현은 걷고 있었다.

"스……하……!"
낮게 울려 퍼지는 숨소리.
무릎 위에 올린 천마검이 낮게 진동을 한다.
어느 사이에 그의 주변으로 퍼졌던 기운들이 서서히 천마검이 흡수하고 있었다. 아니, 천마검으로 집중되고 있음이다.
우웅!
낮게 진동하며 끊임없이 기운을 받아들이는 천마검.
보통의 검이었다면 벌써 한계를 넘어서 깨어져버렸을 테지만 천마검에는 어떠한 증상도 보이질 않는다.
심지어 아직도 여유가 있는 듯 도현의 몸에서 흐르는 모든 기운을 흡수하고 있었다.
끊임없이 운기를 거듭하는 도현의 몸에서 흘러나오는 기운은 어마어마한 것이었지만 천마검은 쉬질 않는다.
오히려 이 상황을 반기는 듯 낮은 진동을 반복한다.

'만류귀종(萬流歸宗)이라는 것은 무공에도 해당이 된다. 하지만 그 근원은 어디까지나 다른 것이다. 모든 것은 같지만 또한 다르다.'

끊임없이 머릿속으로 묻고 답한다.

결론이 도출이 되면 왜 그런 결론이 나오는 것인지를 묻고 수많은 상황을 다시 생각한다.

결론이 도출되지 않으면 왜 그런 것인지를 묻고 결론이 나올 때까지 수많은 상황을 다시 생각한다.

한 가지 질문에 수백의 상황을 가정하고, 또 한 가지 질문에 수백 번의 진실을 도출한다.

마치 불문의 고승이 정신수련을 하듯 도현의 머릿속은 복잡하게 얽혀든다.

하지만…… 굳이 그것을 바로 잡으려 하지 않았다.

흐르면 흐르는 대로 그냥 내버려두었다.

짧은 시간 동안 수많은 경험을 통해 발전을 해온 도현이지만 육체적으로 강해지긴 했어도 거기에 따른 깨달음이 뒤따르지 못하는 상황이었다.

정확하게는 깨달음을 마음놓고 정리할 시간이 없었다는 것이 옳을 것이다.

심지어 무황총에서도 도현은 어떻게든 그곳을 벗어날 생각만 했지, 편안한 마음으로 처음부터 자신을 되돌아볼 여유를 가질 수 없었다.

지금 또한 어떻게 본다면 마찬가지다.

천마신교라는 거창한 간판을 내건 만큼 그에 어울리는 사람이 되기 위해 노력을 하고 있었다.

언제나 도현은 타인의 기대를 충족시키기 위해 움직였다. 본인 스스로 재미를 느꼈기 때문에 이제까진 괜찮았지만, 앞으로 모든 것을 스스로 판단하고 결정을 내려야 하는 상황이기에 그가 받는 압박감은 말할 수 없을 정도였다.

결정적으로 정신적 지주가 되어 주어야 할 사부의 죽음은 도현을 궁지로 내몰기에 충분했다.

겉으로는 냉정한 척, 침착한 척 하고 있었지만 도현의 마음은 새까맣게 타들어가고 있었다.

'이것이…… 나의 마음.'

수련을 위해 폐관을 결정한 지금에서야 도현은 자신의 마음을 깨달을 수 있었다.

그 이름처럼 마인(魔人)들은 마공(魔功)을 익히며 막대한 힘을 얻지만 그 대가로 마기(魔氣)에 침식되어 간다.

그리고 최후의 순간엔 뇌까지 침투한 마기로 인해 광인이 되어 어떤 짓을 벌일지 모르게 되는 위험을 품에 안고 간다.

경지에 이르면 그 모든 위험에서 벗어난다곤 하지만 경

지에 오르는 것은 무척이나 어려운 일이었고, 마공을 찾는 대다수의 사람들은 '재능'이 부족한 이들이기에 벽을 넘지 못한다.

마인들 중에 사연이 없는 자들은 없다.

가족의 복수를 위해, 연인의 복수를 위해 평범한 이들이 가장 빠르게 복수를 할 수 있는 방법을 택하기 위해 찾는 것이 마공이다.

손쉽게 익힐 수 있는데다, 금방 강해질 수 있는 방법도 대단히 많다.

물론 천마성 때부터 수많은 인명을 필요로 하는 연공 방법은 금지되었지만 분명 그런 식으로 무공을 익히는 것 또한 마공의 일종이었다.

혈교 역시 크게 보자면 같은 마공을 익히고 있는 마도(魔道)의 무리이며 마인(魔人)이었다.

그저 그들 스스로 자신들은 혈인(血人)이며 피를 숭배하며, 피에서 얻을 수 있는 힘을 원하는 자들이라 하지만 그 근본은 마(魔)다.

혈교주가 스스로 혈마(血魔)라 칭하는 것을 보면 알 수 있다.

'결국 같다.'

얽히던 머리 속 생각들이 서서히 하나로, 하나로 풀려나가기 시작한다.

복잡하던 머리는 금방 텅 비어버렸고 그의 머릿속엔 오로지 한 글자만이 남았다.

마(魔).

도현 스스로 깨달아야 했고, 뛰어넘어야 했으며, 손에 쥐어야 할 것이었다.

天魔飛上 5章.

5 장.

와아아아!

거대한 함성이 연신 각 경기장을 뒤흔들며 터져 나온다.

동시에 네 경기장에서 벌어지는 시합은 사람들의 이목
을 빠르게 이끌었을 뿐만 아니라, 새로운 강자의 탄생에
아낌없는 환호성을 보내주었다.

치열한 예선을 거친 만큼 본선에 오른 것만으로도 충분
히 무림에 이름을 알렸지만 이 자리에 선 이들은 더 높은
명성을 바랬다.

기왕 본선에 오른 것이니 만큼 당연히 더 위를 노려야
하는 것이다.

만약 사황성과 백도맹의 고수를 이기기라도 하는 날에

는 그 뿐만 아니라 사문까지도 큰 주목을 받을 수 있는 기회인 것이다.

덕분에 각 경기장에는 수많은 응원 인파들이 몰려들었고, 입장권을 구하지 못한 이들이 발을 동동 굴리는 사태까지 벌어졌다.

그 와중에 머리가 좋은 이들은 가지고 있는 입장권을 수많은 이문을 남기며 다른 이들에게 팔기까지 했는데, 태랑상단에선 특별히 심한 문제가 아니라면 묵인해 주었다.

그렇지 않아도 많은 돈을 벌고 있는 태랑상단이기에 이런 것까지 신경을 쓸 필요가 없었던 것이다.

결국 그렇게 돈을 벌려는 자들까지 뭉쳐 점차 대회의 입장권을 구하는 것이 어려워지기 시작하면서 미리 입장권을 구하려는 자들로 구룡무관 전체가 북적거리기 시작했다.

태랑상단에 연줄이 있는 자들은 어떻게든 입장권을 구하기 위해 선을 대고 있을 정도였다.

무림인들뿐만 아니라 돈이 있는 일반인들도 대단히 몰리고 있었는데, 안전하게 무림인들의 실력을 볼 수 있다는 사실이 무척이나 매력적이었기 때문이었다.

덕분에 태랑상단주인 왕도군의 하루는 눈코 뜰 새 없을 정도였다.

같은 상인들의 입장권 청탁은 그렇다 치더라도, 고관대작들까지 나서서 청탁을 해오자 덩달아 바빠지기 시작한 것이다.

상인인 그로선 관과 연줄을 잡을 수 있는 기회를 결코 놓칠 수 없었던 것이다.

그 모습에 또 한번 다른 상단들이 땅을 치고 안타까워했지만 이미 태랑상단의 이름이 중원 전역에 크게 알려지고 난 뒤였다.

"허허, 저런 실력이라니! 금강문이란 작은 문파에서 용이 났소이다."

"어디 저 아이 뿐이겠소? 다른 경기장에선 대 파란을 일으키며 이제 약관의 검사가 모습을 보였는데, 놀랍게도 낭인들 사이에서 제법 이름을 알린 혈전검을 겨우 이십 수만에 이겼다고 하오."

"이번 대회를 통해 무림에 아직도 기인이사들이 많음을 새삼 깨달을 수 있었소이다."

"나 역시 그렇소."

귀빈석에 앉은 구파일방의 장로들이 이번 대회를 통해 두각을 드러내고 있는 이들을 칭찬한다.

갑작스레 등장한 그들은 대문파의 장로들인 그들조차도 놀라게 할 정도로 뛰어난 실력을 선보였는데, 그동안 조금도 신경 쓰지 않고 있던 문파에서 그런 인재를 내보였다는 사실에 놀라고 있었다.

만약 이번 대회가 아니었다면 끝내 저들에 대해 알지 못했을 수도 있었을 터였다.

하지만 정작 이들이 그들에 대해 이야기를 하고 있는 까닭은 정파 성향을 드러내는 자들이라면 자신들에게 회유를 하기 위해서였다.

오대세가와의 싸움이 격화되고 있는 지금 백도맹의 해체는 이미 기정사실로 받아들이고 있었기에 미래를 대비하고 있는 것이다.

구파일방이 중심이 되어 새로운 세력을 세우기 위해선 그들뿐만 아니라 뒤를 든든히 받쳐줄 고수와 문파가 상당히 필요로하고 있었다.

그것은 그들뿐만 아니라 오대세가의 입장에서도 마찬가지였다.

이미 오대세가에선 두각을 드러내고 있는 이들 중 구파일방과 선이 닿지 않은 곳이라면 발 빠르게 움직여 한편으로 끌어들이기 위해 움직이고 있었다.

결국 백도맹으로선 이곳에서 각 문파의 자존심을 세우는 것도 중요하지만 미래를 대비하여 힘을 키우는 것도 게을리 하지 않고 있는 것이다.

서로의 안녕을 위해서 말이다.

그 모습을 일반 관중들 틈에 끼어 보고 있던 허독량은 웃었다.

같은 길을 걷고 있음에도 불구하고 서로를 헐뜯고 있는 저들을. 게다가 자신들 혈교가 뒤에 있다는 것을 알면서도 저런다는 것이 더욱 재미있었다.

아니, 저들은 혈교의 존재 자체를 잊고 있음이 분명했다.

"크크큭!"

하마터면 그 자리에서 크게 소리 내어 웃어버릴 뻔했지만 초인적으로 참은 그는 자리에서 일어섰다.

곧 자신의 거처로 돌아온 허독량은 수하를 불렀다.

"교에 보고해라. 일은 성공적으로 진행되고 있으며 백도맹의 분열은 머지않아 진행이 될 것이고, 때를 맞추어 사황성 역시 분열 된 조짐을 보인다고. 곧 본교가 움직일 때가 다가오고 있음을 알려라."

"명!"

고개를 숙이며 자리에서 사라지는 수하.

맑던 하늘에 점차 먹구름이 끼어가고 있었지만 대회장에선 연신 함성이 터져 나온다.

어지간한 비로는 달아오른 그들을 막을 수 없을 터였다.

"저렇게 뭉쳐있다면 무서운 존재겠지만…… 흩어놓는다면 그저 먹기 좋은 먹잇감에 불과하겠지. 크크큭, 크하하하!"

그의 웃음소리가 바람을 타고 사방에 퍼져가지만 곧 대회장에서 터져 나오는 함성에 묻혀 사라진다.

"후우……!"

귀주의 작은 마을에 자리를 잡은 양검문의 문주이자 하나 밖에 없는 문파원인 비소흔은 짧게 호흡을 가다듬지만 떨리는 몸을 어찌 할 수는 없었다.

양검문은 본래 작은 규모이기도 했고 동네 아이들이나 가르치는 무관이었지만 몇 년 전 양검문주가 지병으로 사망하고 나서 하나 밖에 없던 비소흔이 문주의 자리에 올랐다.

문파에 내려오는 비급을 파고들었던 노력이 있었던 모양인지 그저 자신의 실력을 확인이나 해보고자 했던 것이 쟁쟁한 실력자들을 쓰러트리고 본선에 진출해 버린 것이다.

이에 가장 놀란 것은 본인이었지만 양검문이라는 것이 있는 줄도 몰랐던 인근의 문파들도 난리가 난 상태였다.

대대적으로 열린 무림대회에서 본선에 진출했다는 것은 그 실력이 뛰어남을 말하는 것이기도 했지만 무엇보다 그의 문파에 그 이외엔 아무도 없다는 것이었다.

그를 회유하여 자신의 문파로 끌어들여도 되고, 그렇지 않더라도 인연을 만들어 둔다면 충분히 좋은 결과를 얻을 수 있을 지도 모르기에 벌써부터 그가 자리를 비운 문파에는 많은 이들이 찾고 있었다.

그들 중에는 양검문에 입문하기 위한 아이들도 대단히 많았기에 이번 대회가 끝나고 난다면 양검문의 이름은 이전과 비교 할 수 없을 정도로 높아져 있을 터였다.

"침착하자, 침착하자."

연신 같은 말을 중얼거리며 떨리는 몸을 가라앉히는 그.

비소흔은 이번 기회가 얼마나 중요한 것인지 잘 알고 있었다. 문파의 이름을 드높일 뿐만 아니라 문파가 만들어진 이후 가장 많은 주목을 받을 수 있는 기회였다.

이 대회에서 실력을 잘 발휘한다면 어쩌면 이름 높은 다른 문파들과 나란히 설 수 있을 지도 몰랐다.

'그래. 우리 양검문이라고 해서 다른 문파들과 나란히 못 할 이유가 없어! 그래! 나만 잘하면 돼!'

"아자!"

기합과 함께 자리에서 일어난 그는 때마침 들려오는 호명에 보무도 당당하게 시합장으로 나섰다.

와아아아―!

귀가 아프지만 그보다 온 몸이 찌릿찌릿 해질 정도로 강렬한 함성이 온 몸을 뒤흔든다!

움찔, 움찔!

정신을 차리지 않으면 계속되는 함성에 정신이 나갈 정도였다.

꾹!

강하게 검을 쥐며 숨을 고른 그는 시합장 위에 그어진 청색과 적색의 두 줄 중 청색으로 향한다.

"청! 귀주 양의문의 이름을 드높이기 위해 이 자리에 섰다! 무림에 떠오른 신성의 일인! 교검(翹劍) 비소흔!"

"와아아아!"

장내 사회자의 요란한 소개에 소리를 내지르는 사람들.

"교, 교검?"

정작 자신에게 붙은 무림별호에 깜짝 놀라는 비소흔. 이제까지 자신에게 붙은 별호를 모를 정도로 그는 이 자리에 서기까지 긴장을 하고 있었던 것이다.

검 끝이 아름답고 깃털처럼 가볍게 움직인다하여 붙은 교검이라는 별호에 비소흔은 금방 마음에 드는 듯 상기된 얼굴이다.

그때 반대쪽에서 중년 사내가 모습을 드러낸다.

화려한 홍색 비단 옷을 입은 사내의 얼굴은 옷과 어울리지 않게 수염이 가득했다.

하지만 누구도 그것을 비웃지 못했는데, 그가 무림에서도 악명 높은 무림인 중의 한 사람이기 때문이었다.

"홍! 세상에서 가장 겁이 없는 사나이! 그에게 필요한 것은 오직 하나! 흥겨운 싸움뿐! 투귀(鬪鬼) 한홍련!"

"오오오!"

비소흔을 소개 할 때와는 비교 할 수 없을 정도로 흥분에 가득한 사람들의 함성이 들려온다.

이제 막 이름을 알리기 시작한 비소흔과 달리 그는 오랜 시간 전부터 그 이름을 알려온 강자 중의 한 사람.

그 별호와 같이 싸움을 즐길 뿐 아니라 한 번 싸우기 시작하면 귀신 같이 물고 늘어진다.

비록 칠왕의 일인이 되지는 못했지만 그가 강자라는 사실에는 누구도 반문을 할 수 없을 정도로 강자였다. 무림대회에 출전을 했다는 것이 오히려 이상할 정도로 강한 자였다.

이미 상대를 알고 있었음에도 불구하고 그를 본 비소흔의 얼굴이 굳어진다.

하지만 곧 자신의 모든 것을 털어놓기 위해 몸을 움직이기 시작했고, 그 모습에 투귀는 재미있겠다는 듯 웃었다.

그가 원하는 것은 오직 하나.

재미있는 싸움을 원할 뿐이었다.

◐

콰드득!

주먹을 천천히 뽑아내자 돌 부스러기가 연신 떨어져 내린다.

거대한 돌이 부서진 것도 아니고 정확하게 주먹 자국만 남았다.

차라리 부수는 것이 훨씬 더 쉽지 이런 식으로 흔적만
남기는 것은 실력이 부족한 자라면 몰라도 힘이 있는 사람
에겐 오히려 힘든 일이었다.

완벽한 힘 조절을 필요로 하는 일인 것이다.

"흠……."

주먹을 쥐었다 폈다 하는 도현.

뭔가 된 듯 하면서도 마음에 들지 않는 눈치다.

명상에서 깨어난 것이 바로 방금 전의 일이었다. 무려
열흘을 넘는 시간이 자신도 모르는 사이에 지나가 버린 것
이다.

그 열흘 동안 도현이 얻은 것은 분명 커다란 것이었지만
당장은 그리 실감이 나질 않는다.

웅웅―

천마검이 낮게 울음을 터트린다.

지난 시간동안 끊임없이 도현의 내공을 흡수하던 천마
검은 더 이상 내공을 필요로 하지 않는 것인지 이젠 흡수
를 하지 않고 있었다.

오히려 검을 손에 쥐고 있지 않음에도 천마검에서 흘러
드는 기운에 도현이 반응을 할 정도였다.

"조절할 필요가 있는가……."

자신의 몸에서 느껴지는 힘에 도현은 조절을 할 필요성
을 느끼고 있었다.

몸의 성장을 깨달음이 이제야 뒤쫓았고, 눈을 뜬 도현이 가장 먼저 깨달은 것은 바로 자신의 몸에 깃든 비정상적인 힘이었다.

그것은 패천마공에 의한 것도 아니었으며, 무황총에서 얻은 고대의 무공에 의한 것도 아니었다.

악의에 의해 마공을 익힐 수 없던 자신의 체질을 개조하는 와중에 사용했던 것.

혈사침(血死針).

그것이 문제였다.

무려 천명의 목숨을 빼앗으며 얻은 정혈로 만들어진 혈사침은 도현의 신체를 개조하는데 쓰였었다.

완전히 사라졌을 것이라 생각했던 그 혈사침은 사라진 것이 아니었다. 도현의 몸 곳곳에 그 형체를 숨기고 있었다.

이제까지 눈치 채지 못한 것이 이상할 정도다.

삼백 개가 넘는 혈사침은 몸의 혈도 곳곳에 자리를 잡은 채 때론 기의 흐름을 도왔으며, 때론 막대한 기가 흐를 수 있도록 기맥을 확장시켜 주었다.

마치 살아있는 것처럼 하나의 벽이 되어서 말이다.

자신의 의지와 상관없이 몸 안에 존재하는 그것을 떠올

리며 과연 혈사침이 자신에게 도움이 될 것인지 아니면 독이 될 것인지를 고민했다.

이제까지는 몸에 어떠한 위해도 가하지 않았지만 앞으로도 그러라는 법은 없는 것이다.

"어려운데……."

다시 생각해보면 아무리 사부의 기대에 충족하기 위해서 라곤 하나 정체도 제대로 알 수 없었던 악의의 준비를 서슴없이 받아들였던 자신이 무서워질 정도다.

어쩌면 악의에게 몸을 빼앗길 수도 있었을 일이었다.

당시엔 그런 것을 생각하지 못할 정도로 마공을 익힐 수 있다는 사실에 흥분하고 있었으니까.

"아직도 멀었군."

스스로 꽤 똑똑하다고 생각했었는데 정작 이렇게 다시 되돌아보니 빈틈투성인 것이 자신이었다.

그런 자신의 빈틈을 메워주는 것이 친우들이었고.

"그래도…… 이 정도면."

몸 안에서 힘이 끓어 넘치고 있었다.

자기 스스로도 이제까지와는 비교 되지 않을 정도로 강해졌다 느낄 정도였다.

수많은 마공들이 패천마공과 고대의 무공을 기본으로 하여 재정립되었고, 이젠 도현에 의해 세상에 모습을 드러내길 기다리고 있었다.

혈사침의 문제가 남아있긴 하지만 당장으로선 어떻게 할 수 없었다. 억지로 제거를 하자니 워낙 많은데다 혈에 바짝 붙어있어 제거하기 어려웠다.

제어가 되질 않다보니 어떤 식으로 움직일 지도 알 수 없었고.

그나마 다행이라면…… 혈사침에게서 악의적인 기운은 보이질 않고 있다는 것이었다. 오히려 호의적이라 할까.

"혈사침에 대해선 천천히 생각해보는 수밖에."

천천히 동굴 밖으로 향하는 도현.

지금쯤이면 마령산에 세워지고 있던 사당의 공사가 마무리되었을 것이다. 그 외의 몇몇 건물들도 이젠 다 세워졌을 터였다.

천마신교가 천년을 이어가기 위해 진정으로 필요한 것은 힘과 함께 사람이라는 것을 깨닫는 것은 그리 어렵지 않았다.

힘이 있으면 자신을 지킬 수 있고, 사람이 있다면 그 맥을 이어 갈 수 있다.

사람이 없이 그저 힘만 있는 문파는 오래 가지 못한다.

그것은 이미 천마성이 입증한 것이었다.

시기가 맞물린 것인지 나라의 안 밖으로 상황이 좋지 않기 시작했다.

강력한 권력을 바탕으로 통치를 하던 황제가 쓰러지고 난 뒤 그 후계를 두고 연신 나라의 국정은 시끄러웠고, 외부적으로도 적들의 힘이 서서히 강해지고 있었다.

호시탐탐 중원을 노리는 외국들의 도전은 대규모 전쟁을 불러일으킬 수도 있음이지만, 당장은 곳곳에서 작은 규모의 싸움이 벌어질 뿐이었다.

뿐만 아니라 사황성과 백도맹. 그리고 천마성이란 강력한 힘의 균형이 무너지고 사황성과 백도맹이 내부적인 갈등으로 인해 제대로 된 기능을 하지 못하자 조용하던 무림인들이 날뛰기 시작했다.

당장은 무림대회로 인해 조용한 듯싶었지만 그 이전의 짧은 기간동안 고삐가 풀린 듯 날뛰는 자들이 있었다.

그렇게 무림인에게 가족이나 연인을 빼앗긴 자들이 복수를 위해 무림 문파에 문을 두드리고 그 중에는 어떻게 알고 찾아온 것인지 아직 건설 중인 천마신교도 있었다.

아직 신강 내부에서의 일이라 중원에 잘 알려지지 않았지만 이 정도라면 언제 알려져도 이상할 것이 없었다.

여기에 소속 무인들의 가족들이 금화상단에 의해 안전하게 십만대산으로 이송되기 시작하면서 천마신교의 사람이 급속도로 늘어나기 시작했다.

이에 도현은 그들 모두를 포용했다.

십만대산은 대단히 넓어서 사람들이 살아갈만한 장소는 얼마든지 만들 수 있었다.

식수가 문제가 되기는 하지만 그 정도는 무공의 힘으로 어느 정도 해결을 할 수 있었다. 무인들을 대규모로 동원하여 마을을 만들고 인근의 수원을 마을까지 이끌고 오는 것이다.

혹은 우물을 만들기도 했다.

강한 힘을 지닌 무인들이 동원되는 일이었기에 일사천리로 모든 것이 이루어졌다.

막대한 자금 아래 엄청난 지원이 이루어졌고, 자신들의 보금자리를 받은 이들은 신교에 마음을 주기 시작했다.

특히 가족과 함께 있을 수 있게 된 무인들은 도현에게 깊은 충성심을 보이고 있었다.

그렇게 천마신교의 기틀이 하나 둘 세워지고 있는 동안 태랑상단이 개최한 무림대회는 점점 열광의 도가니로 빠져들고 있었다.

무려 백 명이 넘는 본선 진출자들 중 이제 남은 것은 절반도 되지 않는 사십 여명.

그야 말로 진정한 강자들만이 남게 된 것이다.

백도맹 무인들이 이십여 명에 사황성 무인이 십여 명. 나머지는 신진무인들이었다.

물론 그 속을 들여다보면 백도맹의 경우 구파일방과 오대세가의 무인으로 나뉘어져 있었고, 사황성의 경우에도 자신들의 이권을 위해 싸우는 중이라 같은 세력으로 묶기 미안할 정도였다.

그렇게 무림의 이목이 모두 무림대회가 열리고 있는 구룡무관에 쏠리고 있을 때 도현은 거대한 단상 위에 올라서고 있었다.

둥! 둥! 둥!

거대한 북소리가 십만대산 전체에 울려 퍼진다.

단상 위에 올라서는 도현은 검은 비단에 흑룡이 수놓아진 멋들어진 옷을 입었으며, 옆구리에 차고 있는 천마검은 오늘따라 기묘한 빛을 발하고 있었다.

발걸음을 옮길 때마다 도현의 몸에서 흘러나온 마기가 사방으로 퍼지기 시작해, 정상에 이르렀을 때 그의 마기는 십만대산을 뒤덮었다.

그 강렬함에 자리에 서 있는 마인들은 터져 나오는 마기를 도저히 참을 수 없을 정도였다.

온 사방에 떠도는 마기를 따라 자신도 모든 힘을 발산하고 싶었다.

펄럭- 펄럭!

휘날리는 깃발.

아직 완성되진 않았지만 크고 높은 성벽 위에는 검은 깃

110 천마비상5

발이 휘날리고 있었다.

백금으로 수놓은 글자를 휘날리며.

천마신교(天魔神敎).

웅혼한 필체로 쓰인 글자가 새겨진 기(旗)를 보며 도현은 가슴속에서 울컥 무엇인가가 솟아오름을 느꼈다.

'사부님……! 당신께서도 이런 감정을 느끼셨습니까!'

유난히 사부인 패마의 얼굴이 오늘따라 떠오른다.

하지만 곧 감정을 추스른 그는 천천히 고개를 들어 밑에서 자신을 바라보고 있는 수많은 무인들을 보았다.

오늘까지 천마신교에 합류한 무인은 1만 3천에 달했으며, 새로 유입된 자들은 근 2만에 달한다.

단순히 머리 숫자만 따지자면 무려 3만이 넘는 인원이 이곳 천마신교에 자리를 잡게 되는 것이다.

만약 십만대산이 아닌 다른 곳이었다면 이들을 모두 수용하기 위해 부단히 노력을 해야 했겠지만, 십만대산 전체를 영역으로 선언한 천마신교는 오히려 이 인원이 적을 정도였다.

십만대산 곳곳에 만들어진 마을들.

당장은 지원이 필요하겠지만 차후 그들이 자립하게 된다면 더 이상의 지원이 필요 없을 뿐만 아니라 그들의 아들들은 신교의 든든한 지지자가 되어 줄 터였다.

때론 신교의 무인이 되기도 할 것이고.

그들이야 말로 신교의 뿌리가 될 것이고 천년을 버틸 문파의 근원이 되어 줄 것이다.

그리고 그렇게 되기 위해선 이제 도현이 보여줄 차례였다.

"오늘!"

우르릉!

강력한 내공이 실린 도현의 첫마디에 십만대산이 떠는 듯하다.

"마(魔)의 하늘(天)을 열 것이다! 진정한 마종(魔宗)은 오로지 본교 밖에 없을 것이며! 천마의 이름 아래 천하 마인들은 자신의 뜻을 당당히 내보일 수 있을 것이다! 이것은……! 나 천마의 약속이다!"

"천하앙복! 천마현신!"

"영원불멸! 천마신교!"

"와아아아!"

도현의 말이 끝나기 무섭게 일제히 무릎을 꿇으며 외치는 수많은 무인들. 그와 함께 터져 나온 함성소리가 십만대산을 뒤흔들고…….

척.

손에 든 천마기(天魔旗)를 높이 들었다!

펄럭펄럭!

높이서 휘날리는 천마신교의 글자가 선명한 천마기를 보며 도현은 크게 외쳤다.

"진정한 마(魔)는 오직 본교뿐이다! 천하마도의 옳은 길은 본교에 있을 것이다!"

천마신교.

그들이 하늘에 자신들의 뜻을 고했다.

天魔飛上
6章.

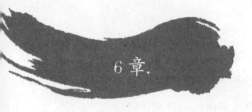

6 章.

"정말 혼자 떠나셔도 괜찮으시겠습니까?"

걱정된다는 얼굴로 묻는 우혁에게 도현은 웃으며 대답
했다.

"지금 날 막을 수 있는 자가 무림에 존재한다고 생각해?"

너무나 당당한 도현의 물음에 우혁은 차마 대답할 수 없
었다. 아니, 그의 실력을 알기에 대답 할 수 없었다.

천마신교의 깃발을 정식으로 세운 그날 도현은 그 실력
을 모두의 앞에서 내보였고, 자리에 모인 모든 마인에게
천마로서의 힘을 증명해보였다.

현 무림에서 그런 도현을 막아낼 수 있는 자는 없다고
봐도 과언이 아닐 터였다.

"내가 없는 동안 계획대로 계급을 분류하고 다섯 개 무력부대를 만들어 놓도록 해. 어지간한 것은 미리 준비를 해놨지만 처리 불가능한 일에 대해선 내가 올 때까지 뒤로 미뤄놓도록 하고."

"알겠습니다, 교주님."

"그럼 부탁하지."

탓!

그 말과 함께 몸을 날려 빠른 속도로 십만대산과 멀어지는 도현을 보던 우혁은 그가 완전히 사라지고 나서야 몸을 돌린다.

지금부터 천마신교는 내부적으로 치러야 할 일이 무척이나 많았다.

우선 보유하고 있는 무인들을 실력에 따라 크게 3개의 등급으로 분류를 한다.

각 천(天), 지(地), 인(人)급으로 분류하고 등급에 따라 차후 만들어지게 될 천마서고(天魔書庫)의 출입권한을 제어하게 될 것이다.

천마서고에는 도현이 새로이 만들어낸 무공을 비롯하여 그의 머릿속에 있는 수많은 무공들을 모조리 새로 만들어 넣을 계획이었다.

당장은 그것밖에 없겠지만 세월이 흐르면 자연스럽게 과거 천마성의 서고가 가득 찼듯 천마서고 역시 가득 차게 될 터였다.

어떻게 본다면 아직 훗날의 일이니 필요가 없는 일이었지만 도현은 지금이 가장 최적의 시기라 생각했다.

새로 시작하는 것이니 만큼 무인들의 의욕을 불러일으키기에 충분하다는 판단이었는데, 과연 많은 이들이 호응을 하며 수련에 매진하고 있었다.

여기에 더하여 무력부대의 선발까지 도현은 마무리하려고 했다.

무력부대의 체계는 천마성의 것을 가져오되 앞으로 천마신교가 지향해야 되는 부분을 고민하여 나누었다.

신교의 얼굴이 될 강력한 무력부대를 5개를 조직하고 그들은 내성 무인으로 지정한다.

그 이외의 인원은 외성 무인으로 지정하고 차근차근 단계를 밟아 내성 무인이 되도록 만들 계획이었다.

그러기 위해 외성은 딱히 무력부대로 개편하지는 않겠지만 그 나름대로의 계급을 만들어 노력만 한다면 충분히 위를 볼 수 있도록 할 생각이었다.

노력하는 만큼 보답을 받을 수 있도록 만든 것이다.

이런 방식을 위해 내성의 무력부대는 각 인원을 정해놓고 철저한 실력 위주로 운영이 될 예정이었다.

교주를 호위하고 신교 최강의 무력부대가 될 천마검위대(天魔劍衛隊)는 오직 1백 명의 최정예로 꾸려질 예정이었으며 이들은 특별한 일이 없는 한 오직 교주 호위를 위해 살아가게 될 터였다.

그 다음으로 수라파천대(修羅破天隊)가 오백의 인원을 꾸리며 실질적으로 외부에 활동하는 무력부대 중 최강이 될 예정이었다.

그 외에 일천의 인원을 지닐 지옥만마대(地獄萬魔隊)와 삼천의 인원을 지닐 유령귀살대(幽靈鬼殺隊). 마지막으로 오천의 인원으로 꾸려질 잔살흑암대(殘殺黑暗隊)로 구성될 예정이었다.

앞으로 불어날 인원들을 생각한다면 그야 말로 내성 무인들은 꾸준한 수련과 선택받은 자들이라 보아도 무방할 것이었다.

과거 천마성만 하더라도 순수 무인의 숫자가 2만이었다.

그들 중 절반만이 내성 무인이 될 수 있음이니 치열한 싸움이 벌어질 것은 자명한 일이었고, 그 결과는 고스란히 천마신교의 성장으로 이어질 것이었다.

그야 말로 강자존의 법칙을 거스르지 않고 온전히 품으며 천마신교의 발전을 노리는 한 수인 것이다.

삼 단계 계급으로 나누는 일은 그리 어려운 일이 아니었다.

천급을 제외한 지, 인급은 미리 준비해둔 관문을 통과하

120

는 것으로 대체 가능한 것이었고 천급의 경우 장로들을 비롯해 미리 도현에게 천급으로 인정받은 자들의 시험을 통과하면 된다.

각 단계의 시험은 극악하다 할 정도로 어려운 것이라 실제 천급으로 올라설 사람은 지극히 적을 것으로 내다보고 있었다.

게다가 각 급에도 다시 세부적으로 단계를 나누어 놓았음이니 그 어려움은 굳이 말하지 않아도 될 정도였다.

어쨌거나 정작 문제는 각 무력부대의 인원을 선발하는 것이었다.

자신의 계급보다는 이쪽에 더욱 집중을 하고 있는 자들도 있을 정도였기에 장로들과 우혁들은 만약의 사태에 충분히 대비하고 있어야 했다.

그렇지 않아도 흥분하기 쉬운 마인들이기에 자칫 서로 간에 피를 보는 일은 막아야 했다.

적을 상대로 피를 보는 것도 아니고, 아군을 상대로 피를 보는 것은 막아야 하는 일이었다. 지금은 한 사람이 아쉬울 때이니까.

그렇게 천마신교가 분주하게 움직이기 시작했다.

쐐애액!

한 번에 수십 장은 우스울 정도로 이동을 하는 도현의

신형은 엄청난 빠르기를 자랑하며 십만대산을 떠난 지 얼마 되지 않아 신강을 벗어날 수 있었다.

사람들의 눈이 휘둥그레질 정도의 빠름이었지만 정작 도현은 불만스런 얼굴을 하며 신강과 청해의 경계에 들어섰다.

"생각보다 효율이 나오질 않는데⋯⋯."

새로이 만든 경공인데 들어가는 내공에 대비해서 그리 효율이 좋은 편은 아니었다. 자신이니 버틸 수 있는 것이지 다른 사람이라면 얼마 움직이지 못해 지쳐버릴 터였다.

게다가 엄청난 속도로 움직이다보니 몸에도 전체적으로 큰 무리가 간다.

당장은 문제가 없겠지만 앞으로 개량을 할 필요성이 느껴졌다.

천마신교가 정식으로 개파를 한 이상 앞으로 신교의 정상에 설 교주의 자리는 막대한 책임감을 가져야 할 자리였으며, 그에 어울리는 실력을 지니고 있어야 했다.

자신이 살아있을 때야 괜찮다지만 천년을 이어갈 문파이니 만큼 교주에게 강력한 힘을 주기 위해서라도 도현은 교주만이 익힐 수 있는 무공을 필요로 하다 생각했다.

현재 자신이 익히고 있는 무공은 너무나 복잡하여 후대에 그대로 남기기 어렵지만, 이것을 차근차근 풀어낸다면 충분히 후대가 얻는 것이 있을 터였다.

그러기 위해 도현은 자신에겐 의미가 없는 초식을 만들어내고 분류하고 있었다.

본인에겐 딱히 필요가 없지만 앞으로 이것을 익혀갈 자들에겐 경지에 오르기 전까지 필요한 것이 될 것이다.

"천마신공(天魔神功)이라고 이름 붙이는 것이 아무래도 나을 것 같군."

작게 중얼거리는 도현.

천마신교의 주인이자 최강자인 천마가 익혀야 할 무공이니 천마신공이란 이름은 그에 걸맞을 터다.

지금의 도현은 스스로 천마신공을 만들어 내면서도 알지 못했다.

훗날 천마신공이 희대의 절세무공으로 천하최강의 무공으로 손꼽히게 될 것이란 것을.

당장 천마신공을 가다듬고 만들고 있는 도현의 입장에선 아직 불완전한 무공일 뿐이니 어쩔 수 없는 일이다.

"내가 완성시키지 못하더라도 언젠가 완성시킬 수 있을 사람이 나타나겠지."

자신이 만들었지만 그 끝을 알 수 없을 정도로 방대하고 깊은 천마신공이기에 도현은 언젠가 자신을 뛰어넘는 인재가 나와 이것을 완성시킬 수 있을 것이라 생각했다.

세상은 넓고 자신보다 뛰어난 인재가 분명 있을 것이라 판단한 것이다.

만들기는 했으되 자신으로선 완성시킬 수 없을 것이라 판단되는 것이 천마신공이었다.

자신이 죽을 때까지 천마신공만 파고든다면 몰라도, 그럴 수가 없다는 것을 잘 알기에 도현은 자신의 손에서 후대가 사용 할 수 있을 정도로 다듬어 놓기만 할 생각이었다.

"자…… 처음은 곤륜인가?"

저 멀리 곤륜산이 희미하게 보이기 시작했다.

곤륜파(崑崙派).

청해 곤륜산에 자리를 잡은 곤륜파는 구파일방에 속할 정도로 강력한 힘과 수많은 제자들을 자랑하는 방파로 비록 중원과 멀리 떨어져 있지만 청해에서 왕처럼 군림을 하고 있었다.

오죽하면 청해에 존재하는 문파들 중 곤륜과 연관이 없는 문파가 없다는 말까지 나올 정도였다.

그만큼 곤륜에서 강력한 힘을 발휘하고 있는 것이다.

도문(道門)으로 시작한 곤륜이지만 지금은 무림방파로서의 면모에 치중을 하며 학도사(學道士)들에 대한 지원을 크게 줄인 상태였다.

아예 없애자는 말도 있었지만 곤륜의 근간이 도문이었던 지라 그렇게 하는 하지 못하고 몇몇 사람들로 하여금 그 맥을 잊게 하고 있었다.

그런 학도사들 중 가끔 도에 능통하여 천기(天氣)를 읽는 자가 나타나곤 했는데 현 학도사들 중 가장 배분이 높은 자우진인이 그러했다.

"허…… 이렇게 불길할 때가!"

밤하늘에 가득한 천기를 헤아리던 자우진인은 크게 탄식했다.

곤륜의 별이 점차 희미해지고 있을 뿐만 아니라 붉게 물들고 있었던 것이다.

이것이 의미하는 것은 단 하나.

곤륜이 큰 피를 흘린다는 것이다.

"이걸 말을 해야 할 런지……."

턱 밑으로 길게 늘어선 흰 수염을 쓰다듬으며 고민하는 그.

학도사들 중 배분이 가장 높음에도 불구하고 자우진인이 곤륜의 장문을 만나기 위해선 오랜 시간이 걸렸다.

심지어 현 장문인보다 그 배분이 높음에도 불구하고 무공을 익히지 않았다는 사실만으로 곤륜파에서 많은 배척을 당하고 있는 것이다.

겨우 열명도 되지 않는 학도사들에게 지원되는 것이라곤 그저 곤륜에 전해져 내려오는 도문의 서적을 자유롭게 읽을 수 있는 것과 일년에 전해지는 두 벌의 옷과 약간의 식량뿐이었다.

그렇기에 학도사들은 돈이 필요한 일이 생기면 산 밑으로 내려가 사람들에게 부적 따위를 써주며 직접 돈을 벌어야 했다.

곤륜에서 돈을 지원해주지 않으니 할 수 없는 일이었지만, 곤륜 무인들은 그런 학도사들을 못마땅하게 본다.

악순환의 연속인 것이다.

허나 그 모든 것을 뒤로 할 정도로 이번 일은 위험했다.

제 아무리 천대받는다 하더라도 그들 역시 곤륜의 사람이었기에 자우진인은 결국 자리에서 일어섰다.

"안 됩니다."

"허, 그러지 말고 장문인을 불러 주시게! 곤륜에 큰 문제가 있음이니 어서 빨리 장문인께 알려야 하네!"

"안 됩니다."

연신 같은 말만 반복하는 곤륜 무인을 보며 자우진인은 답답한 듯 소리쳤지만 그는 같은 말만 반복한다.

곤륜은 내, 외원으로 구분이 되어 있는데 깊은 밤중에 이동이 가능한 것은 일대제자 이상으로만 구분이 되어 있다.

내원으로 가는 문을 지키고 서 있는 자 역시 일대제자였고, 자우진인에 대해 알고 있음에도 불구하고 그는 비켜서지 않고 있었다.

자우진인의 배분이 현 장문인보다 훨씬 더 높음에도 불구하고 말이다.

곤륜에서 학도사들이 얼마나 무시를 당하고 있는 것인지 이것만 봐도 알 수 있을 정도였지만, 자우진인은 그에게 매달렸다.

평소라면 돌아갔겠지만 이번 일은 그럴 수 없었기 때문이다.

"어허, 안 된다면 안 됩니다!"

"허허허……!"

단호한 말과 함께 내기를 뿜어내는 그를 보며 자우진인은 허탈한 웃음을 지으며 결국 뒤돌아섰다.

"너무 오래 살았음이야. 곤륜의 정기가 많이 탁해졌구나……."

긴 한숨과 함께 길을 벗어나는 자우진인의 뒤에선 방금 전까지 문을 지키던 곤륜의 제자가 웃고 있었다.

명백한 비웃음이었다.

자신의 거처로 돌아온 자우진인은 즉시 학도사들을 전부 불러 모았다.

열명도 되지 않는 아홉의 인원.

가장 배분이 낮은 학도사도 곤륜의 일대제자와 같은 항렬이다. 제자를 들이고 싶어도 학도사를 하려는 아이들이 없어 제자를 들이지 못하는 형편인 것이다.

"형님 무슨 일입니까? 이 밤중에 모두를 불러들이고 말입니다."

학도사들끼리는 항렬에 구분하지 않고 편하게 형, 동생으로 부르고 있었다.

도인끼리 굳이 항렬을 세세하게 따지는 것보다 이편이 훨씬 더 편하고 도를 추구하는 길이라 믿었기 때문이었다.

"오늘 천기를 읽었는데 곤륜의 별이 흐려질 뿐더러 붉게 물들더구나. 이는 곤륜에 불행한 일이 닥칠 징조이건만…… 장문인은 날 만나주지 않더구나."

"어허, 어찌 그런 일이! 아무리 우리 학도사들이 곤륜에서 무시당하고 있다곤 하지만 이번 일은 그런 차원을 넘어서는 것이니 우리의 말에 귀를 기울여야 할 것인데!"

"후우…… 그들의 귀에는 우리의 말이 들리지 않을 것인 모양이다."

쓰게 웃는 자우진인을 따라 모두의 표정이 암울해진다.

자신들이 없는 사람 취급을 당한 것이 하루 이틀의 일은 아니지만 이렇게 천기가 나쁘게 나온다면 최소한 귀는 기울여 줘야 할 것이 아닌가.

같은 곤륜의 사람임에도 불구하고 이렇게까지 한다는 것이 너무나 서글프고 불쾌했다.

"허면 어찌하실 생각이십니까? 날이 밝는다고 해서 저들이 만나줄 것 같지도 않고…… 저희가 힘을 쓴다고 해봐야 무인들에게 상대가 될 리가 없지 않습니까."

"그렇지. 그래서 다들 불러 모은 것이네."

모두의 시선이 자우진인에게 향한다.

"곤륜의 별이 약해졌지만 여전히 빛을 발하고 있음이니 그 맥이 끊어지는 것은 아니네. 비록 많은 일을 겪게 되겠으나 이것 또한 하늘이 내린 결정이겠지."

"그거야 그렇겠지요. 천기가 이미 정해졌다면 그것을 비튼다는 것은 어지간한 힘으로는 불가능한 일이지 않습니까?"

막내의 말에 자우진인은 웃으며 고개를 끄덕였다.

"그렇다고 손놓고 있을 수만도 없지 않느냐. 아무리 무시당한다 하더라도 우리 역시 곤륜의 사람. 죽음이 무서워 곤륜이 적의 소에 놀아나게 만들 수는 없지."

"어찌하실 생각이십니까?"

긴장된 표정으로 묻자 자우진인 역시 굳은 얼굴로 말한다.

"구궁만만생절진(九宮萬瞞生絕陣)을 곤륜에 펼칠 것이다."

"으음……!"

깜짝 놀라면서도 신음을 흘리는 학도사들.

구궁만만생절진은 곤륜에 내려오는 수많은 절진들 중에서도 최고의 위력을 발휘하는 것이지만 정작 곤륜내부에선 존재하지 않는 것으로 치부하고 있었는데, 이유는 간단했다.

무인들은 결코 펼칠 수 없는 오직 도인들의 도술(道術)에 의해 펼쳐지는 진법이기 때문이다.

도술을 부릴 줄 아는 자가 중원 전역을 둘러봐도 손에 꼽을 정도가 되어버린 지금이니 만큼 더욱 없는 취급을 당할 수밖에 없다.

하지만 일단 펼칠 수만 있다면 그 위력은 여타의 진법과 비교 할 수 없을 정도였고, 진법의 대가였다 전해지는 귀곡자 역시 도술을 부렸다고 한다.

"허나, 구궁만만생절진은 도력(道力)의 희생을 필요로 하는 진법인데다 그것을 버틸만한 도력을 지닌 사람도 없지 않습니까?"

황급히 두 번째 서열의 황영진인이 나서서 말하자 자우진인은 손가락으로 자신을 가리켰다.

"진의 중심에 내가 설 것이네. 부족하나마 내 도력으로 충당을 하고 모자란 것은 내 생명으로 채우면 되겠지. 허허, 어차피 이제 슬슬 떠날 때가 되었다고 생각했는데 곤륜을 위해 이 목숨을 사용한다면 이보다 좋은 일이 있을 수 있겠는가?"

"허나……!"

"이것은 이미 결정을 내린 일이네."

단호한 자우진인의 말에 학도사들은 굳은 얼굴을 할 뿐 누구도 입을 열지 못했다.

학도사들을 이끄는 자우진인의 존재는 결코 가벼운 것이 아니었다. 지금 이 자리에 있는 자들 중 그의 도움을 받지 않은 사람이 없을 정도였다.

오랜 시간을 살아온 만큼 그의 도력은 학도사들 중 제일.

엄청난 양의 도력을 소모하는 구궁만만생절진이라 하더라도 족히 하루를 펼쳐 낼 수 있을 것이다.

정작 문제는 그것이 아니었다.

천기를 읽어 곤륜에 문제가 생긴다는 것은 분명하지만 그것이 근 시일이라는 것만 알고 있을 뿐, 언제부터 인지 전혀 알지 못한다는 것이 문제였다.

미리 진을 펼쳤다가 적이 도착하기 전에 쓰러진다면 차라리 펼치지 못함이 나은 것이다.

"……언제쯤 펼치실 생각이십니까?"

"준비가 되는 대로 바로 시작할 것이네. 며칠 안으로 분명…… 곤륜에 문제가 생길 것이네. 이 늙은이의 감이라 해주게. 허허허!"

웃는 그를 보면서도 누구도 따라 웃지 못했다.

"곤륜이로군."

보는 것만으로도 청명한 기운이 흐르는 것이 과연 중원에서도 손에 꼽히는 명산다운 대단한 기운이 흐른다.

허나, 십만대산보다는 결코 못한 듯 하다.

곤륜파가 세워진 곤륜산 주변으로는 어떠한 마을도 자리를 잡고 있지 않았는데, 이는 처음 곤륜에 도인들이 자리를 잡을 때 산의 정기를 바로 잡아야 한다며 그들을 쫓아내었기 때문이었다.

워낙 오래전의 이야기라 지금에 이르러선 그것을 기억하고 있는 사람이 없을 정도지만 덕분에 곤륜은 조용하기만 하다.

"어떻게 한다……."

곤륜의 정상을 바라보며 고민하던 도현의 얼굴이 순간이채가 서린다.

그와 함께 그 거대한 곤륜 전체에 은은한 운무(雲霧)가피어오르기 시작한다.

자연스러운 운무가 아니었다.

곤륜 중턱에서부터 시작되어 움직이지도 흐르지도 않는운무. 화창한 오늘과 같은 날씨에 이런 운무라면…….

"진법인가. 누구지? 평범한 것은 아닌데……."

보는 것만으로도 독특한 기운이 느껴지는 것이 일반적인 진법은 아닌 것 같았다.

게다가 마치 자신이 올 줄 알았다는 듯 때를 맞추어 펼쳐진 진법.

자연스럽게 호승심이 피어오른다.

"거절할 필요는 없겠지."

도현의 입 꼬리가 올라간다.

"이건 대체 무슨 일인가!"

갑작스런 기운과 함께 갑작스레 곤륜 전체에 운무가 피어올라 산문 밖으로 한발자국도 나갈 수 없는 상황이 되자 다급히 장문인의 집무실로 장로들이 모여들었다.

책상을 내려치며 묻는 장문인에게 장로들도 원인을 알 수 없어 쉬이 대답을 하지 못한다.

현 곤륜의 장문인인 학운검(鶴雲劍) 장명진인은 벙어리마냥 입을 다문 장로들을 보며 혀를 차곤 자리에서 일어섰다.

"일단 밖으로 나가 봅시다."

어차피 이대로는 이야기가 될 것 같지도 않으니 밖으로 나가기로 하자 그를 따라 우르르 장로들이 일어선다.

운무들은 마치 곤륜파를 포위하기라도 하듯 곤륜파 안으로는 조금도 들어오지 않았지만 곤륜산 전체를 짙게 감싸고 있는 것만은 확실했다.

게다가 은은하게 운무에서 느껴지는 생기(生氣).

진법이 펼쳐졌다고 가정했을 때 이런 기운이 느껴지는 진법은 그리 많지 않다.

"학도사들은 어디에 있지?"

"예?"

"학도사들을 불러라. 아무래도 그들이 답안을 가지고 있을 것 같군."

산문 밖의 운무를 직접 보며 고개를 흔들며 장문인이 말하자 그의 뒤에 서 있던 장로들이 고개를 갸웃거리면서도 제자들을 시켜 학도사들을 데려오게 만든다.

장로들조차도 학도사들을 곤륜에서 없는 존재로 취급하고 있을 정도로 학도사의 위치는 상상 이상으로 낮았다.

그 점에 대해선 장문인인 장명진인도 잘 알고 있었지만 무림문파인 곤륜파로선 어쩔 수 없는 일임을 잘 알고 있었다. 아니, 그 조차도 학도사들을 쉬이 찾지 않을 정도였다.

장문인의 자리에 오르며 전대 장문인에게 학도사들에 대해들은 것이 있으니 그들을 내치지 않았지만, 어떠한 것도 하지 않은 것도 그였다.

장문인의 자리에 앉은 지 벌써 십년도 넘었음에도 말이다.

한참의 시간이 흘렀음에도 불구하고 학도사를 부르러간 제자가 돌아오지 않자 이를 이상하게 여긴 장문인이 다른 지시를 내리려고 할 때 심부름을 갔던 제자가 다급히 한 사람과 함께 달려온다.

"학도사들이 전부 사라졌습니다. 거처에 아무도 없어 혹시나 싶어 거처의 관리를 하고 있던 운영을 데려왔습니다."

심부름을 갔던 자는 일대제자이고 그가 데려온 자는 곤륜의 이대제자로 운자 항렬에서도 어느 정도 두각을 드러내고 있는 자였다.

"운영이 장문인을 뵙습니다!"

"예는 됐고, 학도사들은 어디로 간 것이냐?"

"학도사들이 본파에서 머물지 않은 지 꽤 오래 되었습니다. 몇 년 전부터 인근의 적운봉에서 머물고 있는 것으로 알고 있습니다. 이에 대해선 장문인의 허가가 있었던 것으로 알고 있습니다만……?"

그제야 기억이 나는 것인지 장명진인은 자신의 머리를 짚는다.

당시엔 아무래도 상관없는 일이라 생각하며 밖으로 내보냈었는데, 설마하니 이런 일이 벌어질 것이라곤 조금도 생각하지 못했던 것이다.

"끄응…… 이 일을 어쩐다?"

모두의 고민이 깊어지고 있을 때 정작 학도사들은 곤륜산 곳곳에 흩어진 채 모든 정신을 집중하고 있었다.

부들부들!

가부좌를 하고 앉은 몸임에도 불구하고 몸에 걸리는 부하에 연신 몸이 떨린다.

곤륜파를 중심으로 팔방(八方)에 자리를 잡은 학도사들은 그동안 쌓은 모든 도력을 개방하며 진법이 유지될 수 있도록 노력하고 있었다.

그들 모두의 중심이 되는 자우진인은 연신 늙은 몸을 이끌고 사방을 뛰어다니며 구궁만만생절진을 유지하기 위해 노력하고 있었다.

구궁만만생절진을 유지하기 위해선 팔방에 도력이 충만한 자들을 두고 그들이 진의 힘을 유지하는 동안 중심이 될 인물이 진법 안을 돌아다니며 진의 중심이 되어 줄 축(畜)을 만들어야 한다.

이 모든 것을 일각 안에 해결을 해야 하기 때문에 이 넓은 곤륜 전체에 진을 펼친 자우진인은 온 몸이 젖을 때까지 뛰어다녀야 했다.

그리고 마침내 진법이 발동되자 자리에 앉을 수 있었다.

"이것으로 부디…… 곤륜의 화가 줄어들 수 있기를."

진의 중심에는 곤륜파가 있지만 곤륜 안으로 들어갈 수는 없는 문제이기에 그는 '축'을 곤륜파에서 멀지 않은 곳으로 옮겨 그곳에 자리를 잡았다.

이렇게 하면 훨씬 더 힘이 들겠지만 어차피 목숨을 버리기로 한 이상 아무래도 상관없는 이야기였다.

"후우……."

길게 숨을 토해낸 자우진인의 몸 주변으로 푸른 기운이 서리기 시작한다.

결코 내공의 인위적인 기운이 아닌 자연에 좀 더 가까운.

그 무엇인가가 자우진인의 몸에 머무르기 시작했고, 그와 함께 운무가 더욱 짙어지기 시작했다.

진정한 구궁만만생절진이 가동되기 시작한 것이다.

저벅저벅-

계속해서 앞을 향해 걷던 도현의 발걸음이 멈춘다.

한치 앞도 보이지 않는 상황이기에 자신의 감각을 총 동원하여 완벽하게 직선이라 생각되는 방향으로 걸었음에도 불구하고 그의 앞에 나타난 것은 외로이 땅에 박혀 있는 천마검이었다.

웅웅-

왜 자신을 내버려두고 갔냐고 항의하는 듯 울어대는 천마검을 회수한 도현은 턱을 쓰다듬었다.

"바로 걸었는데도 원래의 자리로 돌아왔다, 라…… 미로진이나 환영진의 일종이라고 봐야 하는 건가? 단순한 진법으로 치부하기엔 이 기운이 마음에 걸린단 말이지……."

파직!

순간 피어오르는 불꽃.

그러고 보니 도현의 몸 주변으로 검은 마기가 은은하게 흐르며 몸을 완벽하게 감싸고 있었다.

"선기(仙氣)에 접근한 도력(道力)이라…… 요즘 세상에도 도를 갈고 닦는 진정한 도인들이 있는 모양이로군."

운무 안에 들어섬과 동시 도현은 기운의 정체를 알 수 있었다.

아니, 모를 수가 없었다.

마기(魔氣)가 미쳐 날뛸 정도로 정반대에 존재하는 힘이었으니까.

도현으로서도 난생 처음 접해보는 기운이었지만 그동안 책으로 접한 것은 제법 되었다.

그렇다고 해서 지금의 상황을 해결 할 수 있을 정도는 아니었지만 말이다.

'곤륜이 도문으로 시작했지만 지금은 철저하게 무림문파로서의 힘을 자랑한다고 들었는데 말이야…… 이렇게 되면 본교의 미래에 걸림돌이 될 수도 있겠어.'

도현의 머리가 복잡하게 돌아간다.

신강의 십만대산에서 중원으로 진출하고자 한다면 반드시 거쳐야 하는 곳이 이곳 청해였고, 청해의 지배자인 곤륜은 반드시 넘어야 하는 산이었다.

천마신교의 힘이라면 얼마든지 곤륜을 넘을 수 있겠지만, 구파일방의 한 축이니 만큼 쉽지 않은 싸움이 될 터였다.

아니, 처음부터 크게 힘을 낭비할 테니 정작 중원으로 가서 힘을 쓰지 못할 수도 있는 일이었다.

"이번 기회에 쓸어버려야 하나?"

짧게 중얼거리는 도현의 몸에서 순간 살기가 확 살아 오르지만 금세 언제 그랬냐는 듯 본래대로 돌아간다.

지리적인 것과 앞으로 천마신교의 미래를 생각한다면 이번 기회에 곤륜의 씨를 말리는 것도 나쁘지 않은 생각이었다.

도현에겐 능히 그럴만한 힘과 능력이 있었다.

"우선…… 이 운무부터 어떻게 해야 하겠군."

말이 끝나기 무섭게 도현의 몸에서 마기가 폭발적으로 흘러나오기 시작했다.

거대한 태풍처럼 순식간에 사방으로 퍼져나가는 마기는 운무와 싸움이라도 하는 듯 연신 강렬한 불꽃을 튀기며 점차 그 영역을 넓히기 시작했다.

"어디까지 버틸 수 있을까?"

더욱 강렬한 마기가 도현의 몸에서 무한정으로 흘러나오기 시작했고, 곧 검은 마기와 백색의 운무가 거대한 충돌을 일으키며 섞이기 시작했다.

쿠쿵! 쿵!

"컥!"

몸을 뒤흔드는 강렬한 충격에 자우진인은 순간 기침을
토해내지만 재빨리 입을 다물었다.

기침이 문제가 아니라 속이 진탕하며 피를 쏟을 뻔 한
것을 필사적으로 막아낸 것이다.

"이, 이런 기운이라니……!"

온 몸이 덜덜 떨려올 정도로 강렬한 기운이 구궁만만생
절진과 충돌하고 있었다.

으득!

악문 입술 사이로 피가 흘러내린다.

'막아야 한다! 구궁만만생절진에 이 정도 충격을 줄 수
있는 것은 마기 밖에 없다. 이 정도 마기를 내뿜을 수 있는
자라면…… 곤륜은 다시 일어설 수 없을 수도 있다! 이 목
숨을 다 받치는 한이 있더라도……!'

"반드시 막는다!"

쿠직, 쿠직!

그렇지 않아도 백발이 많이 비치던 그의 머리카락이 어
느새 완전히 하얗게 변했고, 머리카락뿐만 아니라 그의 눈
썹도 수염도…… 모든 것이 하얗게 변해가기 시작했다.

급속도로 노화 현상이 빨라지는 자우진인.

그의 모습이 달라질 때마다 그의 몸에서 뿜어져 나오는

강렬한 선기는 청아한 기운을 내뿜으며 사방으로 퍼져나
간다.

쿠쿵, 쿵!

"호?"

길을 걷던 도현의 발걸음이 멈춘다.

그렇지 않아도 제법 버틴다 생각했는데 반격을 가할
정도로 갑작스럽게 진법 전체의 기운이 올라가기 시작했
다.

이만한 선기를 뽑아내기 위해 쌓은 도력은 어마어마한
수준의 것일 테고, 분명 중원 전역을 둘러봐도 한손에 들
만한 실력자임이 분명했다.

우우우!

마치 대응이라도 하듯 자연스럽게 도현의 몸에서 솟아
오르는 마기.

그러고 보니 마기가 닿는 곳은 자연스럽게 앞이 보이고
있었고, 그렇지 않은 곳들은 여전히 잘 보이질 않는다.

"곤륜? 아니면……."

이대로 곤륜파로 향하는 방법도 있지만 지금 자신의 발
을 묶어두고 있는 자는 곤륜파에서 좀 떨어진 곳에 있는
것 같았기에 고민했지만 도현의 발은 다시 움직이기 시작
했다.

곤륜파보다는 자신의 발을 묶어두고 있는 자에 대한 궁금증이 훨씬 더 솟아올랐기 때문이다.

"으윽…… 컥!"

비명과 함께 진을 유지하고 있던 학도사 중 막내였던 자가 자리에서 쓰러졌고, 그것이 신호라도 되는 냥 대부분의 학도사들이 더 이상 진법을 유지하지 못하고 기절했다.

단순히 진법을 유지하는 것만으로도 힘들건만 도현의 마기와 대항하려다 보니 생각했던 것보다 더 많은 힘을 사용해야만 했고 결국 도력이 고갈되며 쓰러져 버린 것이다.

막내 학도사를 시작으로 구궁만만생절진을 유지하고 있던 학도사들이 연신 쓰러지기 시작했다.

그들이 쓰러질수록 자우진인에게 가는 부담은 이루 말할 수 없을 정도였지만, 그는 그것을 전부 참아 내었다.

아니, 버틸 수밖에 없다는 것이 옳았다.

진법의 힘이 빠르게 줄어들면서 곤륜 전체에 걷잡을 수 없을 정도로 마기가 퍼져나가고 있었던 것이다.

그동안은 어떻게든 막아내고 있었지만 지금쯤이면 곤륜파에서도 마기에 대해 눈치를 채었을 터다.

진법의 운해로 인해 곤륜의 주요 인사들이 모두 집결했을 테고, 이젠 마기로 인해 철저한 준비를 할 테니 이만큼한 것만 하더라도 학도사들이 큰 힘을 낸 것이다.

저벅 저벅—

"아직도 버티고 있다니 제법이로군."

"그…… 대는 누구인가."

진의 중심에 앉은 자우진인은 희미하게 뜬 눈으로 자신을 향해 걸어오고 있는 사내를 보며 물었다.

그의 온 몸에서 흘러나오는 마기는 마주하는 것만으로도 기절을 해버렸으면 좋을 정도로 끔찍하고 막대한 것이지만 이미 죽음을 각오한 그 이기에 버텨 낼 수 있었다.

"흠…… 역시 진을 유지하기 위해 생기(生氣)를 쓰고 있었군."

"그……대는 누군가."

"원활한 이야기를 위해서라도 우선……."

잠시 자우진인을 바라보던 도현은 웃으며 몸 안의 기운을 밖으로 일순 폭사시켰다.

콰쾅—!

굉음과 함께 곤륜산이 흔들리는 듯 하더니 겨우겨우 버티던 진법이 무너져 내린다.

허망하리라 만치 너무나 쉽게 무너져 내리자 자우진인은 쓰게 웃었다.

강제로 진법이 무너지며 엄청난 반동이 곧 몸으로 몰려들 테지만, 그렇지 않더라도 이미 생기의 대부분을 사용한 뒤라 얼마 버티지 못하고 죽을 것이 확실했기에 오히려 자우진인의 얼굴 자체는 무덤덤한 편이었다.

"이제 이야기가 좀 되겠군."

츠츠츠–

말이 끝나기 무섭게 마기들이 빠른 속도로 도현에게 흡
수되거나 사라지기 시작했다.

평소의 곤륜으로 돌아가고 있는 것이다.

"다시 묻도록 하지. 그대는 누구인가?"

그의 물음에 도현은 빙긋 웃었다.

그리고 대답했다.

"천마(天魔). 그대는?"

"자우라 한다네."

"장문인!"

"으음……!"

온 몸의 피부가 뒤집힐 정도로 강렬한 마기에 산문에 서
있던 장문인과 장로들은 신음을 흘리지 않을 수 없었다.

이렇게까지 강렬한 마기는 꽤 오랜 시간을 살아온 저들
도 처음 있는 일이었다.

"설마…… 패마가 살아있기라도 한 것인가?"

"패마라니요?!"

장문인의 말에 깜짝 놀라며 묻는 장로들에게 그는 고개
를 흔들었다.

"이런 막대한 마기를 뿜어낼 수 있는 자가 그 이외에 또 누가 있단 말인가? 근래 스스로 천마라 부르는 패마의 제자가 모습을 나타내었다곤 하지만 아직 어린 그가 이만한 기운을 뿜어낼 수 있을 것이라 생각하진 않는다네."

"하지만 패마는 더 이상 무공을 사용 할 수 없는 폐인이 되었다 들었습니다."

"나 역시 그리 알고 있네. 하지만…… 소문이라는 것은 언제나 믿을 수 없는 종류의 것이지."

그제야 얼굴이 굳어지는 장로들을 보며 한숨을 내쉰 장문인은 명령을 내렸다.

"지금 즉시 전 장로들과 일대제자는 전투를 준비하고 이대제자들은 삼, 사대 제자들과 함께 은신처로 피난을 한다!"

"장문인! 그것은 너무 과한 처사가 아닙니까?"

누군가의 물음에 장문인은 쓰게 웃었다.

"나도 그랬으면 좋겠네. 그런데…… 이곳에서 그것으로도 부족할지 모른다는 느낌을 보내온다네."

툭툭.

가볍게 자신의 심장이 있는 곳을 두드리는 장문인을 보며 장로들은 곧 발 빠르게 움직이기 시작했다.

곤륜파가 그렇게 움직이고 있는 동안 도현은 아예 자우진인의 앞에 자리를 잡고 앉아 이야기를 나누고 있었다.

"그래서 그대가 원하는 것은 무엇인가? 곤륜의 파멸인 것인가?"

"글쎄…… 아직 결정을 하진 못했지. 하지만 앞으로 본교의 행사에 두고두고 걸림이 될 것 같으니 이번 기회에 없애버리는 것도 나쁘지 않은 선택이지."

"천마 그대가 원하는 것이 무엇인가? 무림일통인 것인가 아니면 그 힘의 증명인 것인가?"

의외의 말에 도현은 자우진인을 바라본다.

이미 생명의 시간이 다된 듯 자우진인은 더 이상 노화하지도, 움직이지도 않는다.

아니 움직일 수 있는 것이라곤 목 위의 얼굴 밖에 없었다.

모든 기운이 빠져 나가 버렸으니까.

"그대의 힘은 이미 그 이름과 같이 하늘에 닿은 것 같으니 부디 넓은 아량을 살려 곤륜의 길을 열어주게. 내가 천기를 읽고 자네를 막으려 했던 것은 그저…… 이 말을 하고 싶었음이니."

사각, 사각-

사사사……

기묘한 소리와 함께 그의 몸이 마치…… 모래처럼 흩날리기 시작한다.

몸의 형체를 유지할 기운까지도 모두 사용했음이다.

자신의 몸이 흩날리고 있음에도 그는 담담한 얼굴로 마지막이 될 지도 모르는 말을 내뱉는다.

"세상에 영원한 것은 없다하지만 독불장군처럼 혼자 우뚝 서선 결코 재미있는 삶을 즐길 순 없다네. 어떤 힘을 지니든, 어떤 생각을 가지든…… 사람은 사람답게 즐기며 살아야 한다네. 답답하고 힘이 들 때 주변을 둘러보게나. 답이 보일 것이니."

웃는 얼굴과 함께 그의 몸이 완전히 사라진다.

불어오는 바람에 완전히 그 형체를 잃어버린 것이다.

"곤륜의 도사는 그 죽음마저도 곤륜에서 한다는 것인가?"

피식 웃으며 몸을 돌리는 도현.

자우진인의 마지막 말은 도현에게도 인상적인 것이었지만 그뿐이었다.

이미 도현은 주변의 많은 이들을 위해 움직이고 있었으니까.

그렇게 발걸음을 옮기고 얼마 되지 않아 곤륜의 산문이 모습을 드러낸다.

산문너머로 넘실거리는 기운들이 이미 곤륜이 싸움 준비를 끝냈음을 말해주는 것 같았기에 도현은 가볍게 허공으로 몸을 띄웠다.

휙- 척.

산문의 위로 올라서자 산문의 뒤로 늘어선 곤륜 무인들이 모습을 보인다.

하지만 그들을 보는 것은 잠시뿐 금세 곤륜의 경치에 빠져든다. 수려하면서도 힘 있는 산의 기운은 보고 있는 것만으로도 기분이 좋아질 지경이었다.

"누구냐!"

갑작스런 도현의 등장에도 소동 없이 자리를 지키며 앞으로 나선 제자 하나의 물음.

도현의 앞으로 일대제자들이 축을 이루어 자리를 지키고 있었고, 그 뒤편으로 장로들을 비롯한 장문인이 서 있었다.

곤륜파가 자랑하는 운룡금검진(雲龍禁劍陣)이 당장이라도 발동할 듯 날카로운 기세를 뿜어낸다.

"으음······! 한 사람이라니!"

"숨어 있는 자들이 있는 것은······?"

장로들 중 한 사람이 물었지만 장문인은 고개를 흔들었다. 아무리 기감을 펼쳐 봐도 눈앞의 사내 이외에 감각에 걸려드는 자가 없었다.

다시 말해 이제까지 느껴지던 그 강렬한 마기가 저 한 사람에게서 시작되었다는 뜻이다.

믿을 수 없는 일이지만 현실이었다.

"누구냐!"

때마침 제자들 중 한 사람이 나서서 질문을 던진다.

주변을 둘러보고 있던 사내의 시선이 그제야 자신들에게 향했고, 그는 웃으며 말했다.

"그대들을 시험할 자. 천마라 하지."

하늘이 어둠이 물들었다.

天魔飛上 7章.

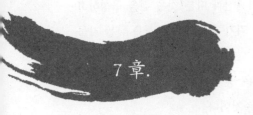

7 章.

손끝을 통해 흘러나간 마기는 마치 살아있는 것처럼 꿈틀대며 상대를 향해 흘러간다.

딱히 술수를 부리고 있는 것 같지 않음에도 불구하고 마기는 살아있는 것처럼 도현의 주변으로 접근하는 자들을 맹렬하게 공격한다.

퍼펑!

콰앙-!

때론 약하게, 때론 강하게.

대체 종잡을 수 없는 마기의 공격에 나가떨어지는 곤륜의 제자들.

허리춤의 천마검을 뽑지도 않은 채 자리에서 움직이지

않는 도현을 보며 곤륜 무인들은 이를 갈면서도 빠르게 몸을 움직인다.

곤륜파가 자랑하는 최고의 합격진 운룡금검진은 끊임없이 움직이며 적을 격퇴하는 일종의 차륜진과 같은 형상을 취하고 있지만 보통의 차륜진과 다른 것은 진을 구성하고 있는 무인들이 뿜어내는 기가 전방에서 공격을 하는 자들에게 몰린다는 것이었다.

즉, 공격에 나선 자들은 평소보다 월등히 많은 힘을 가지고 적을 몰아칠 수 있는 것이다.

어지간한 실력자라 하더라도 이 합격진 안에서 일각 이상을 버틸 수 없을 것이라 장담하던 곤륜이었기에 지금의 결과는 충격과도 같았다.

무려 한 시진을 손가락 하나 건드리지 못하고 있었으니까.

"생각보다 별로군."

운룡금검진에 대해선 천마성에서 읽은 서적들을 통해 충분히 알고 있었기에 이번 기회에 경험을 해보길 원했던 도현이다.

하지만 직접 몸으로 체감한 운룡금검진은 그 위명과 달리 대단한 것이 되질 못했다.

합격진의 가장 기본이 되는 차륜의 묘를 제대로 살리지 못하고 있는데다, 앞에 선 자들에게 너무 많은 부하가 걸리다보니 점차 진법의 위력이 약해지고 있었다.

힘 자체가 처음과 변함이 없지만 사람이 지쳐가고 있음이니 당연히 위력이 줄었다고 밖에는 이야기를 할 수 없다.

당장만 하더라도 처음에는 날카롭던 공격이 이젠 어딘지 모르게 무디게만 느껴지는 것이다.

곤륜의 정예라 불러도 될 일대제자들이 온힘을 다해서 펼치고 있는 운룡금검진임에도 불구하고 지금의 도현에겐 큰 감흥을 불러일으킬 수 없었다.

그만큼 도현이 강해진 것이다.

괜한 기대만 한 듯싶어 슬슬 움직일 생각을 하고 있던 도현의 눈에 아직도 뒷짐을 서고 자리에서 움직일 생각을 하질 않고 있는 곤륜의 장문인과 장로들이 눈에 들어온다.

제법 강대한 기운을 지니고 있는데다 연신 명령을 내리는 것이 곤륜 장문인일 것이고 그 뒤로 늘어선 자들은 자연스럽게 장로들일 터였다.

처음 곤륜을 오르기 전에는 기왕 산에 오르는 것이니 만큼 곤륜파란 이름을 지워버릴 생각이었지만, 자신의 목숨까지 버려가며 곤륜의 명맥을 지키려 했던 자우진인을 만나며 생각을 달리한 도현이었다.

비록 앞으로 천마신교의 행사에 있어 걸림돌은 되겠지만 반대로 신교가 자만하지 않고 성장할 수 있는 밑거름이 될 수 있겠다 생각한 것이다.

하지만 제자들에게만 맡겨 둔 채 물러선 저들을 보니 그럴 마음이 사라진다.

철컥!

손을 대지 않았음에도 불구하고 한 치 정도 검집에서 빠져 나오는 천마검!

묵빛을 발하는 천마검이 오늘따라 더욱 검게 느껴진다.

웅웅!

당장 자신을 뽑아 휘두르라는 듯 낮게 우는 천마검을 보며 피식 웃은 도현은 가볍게 천마검을 밀어 넣었다.

굳이 이들을 상대하는데 천마검을 뽑을 필요를 느낄 수 없었던 것이다.

하지만 이대로는 지겨운 것도 사실이니 움직일 생각이었다.

그리고 처음으로 오른발을 높이 들었다, 땅을 내려찍는다!

쩌엉-!

우르르릉…… 콰앙!

사방으로 퍼져나가는 힘의 충격파와 함께 도현을 중심으로 거대한 원을 그리며 연무장이고 건물이고 전부 부서져 나간다.

갑작스런 마기의 파도에 비명과 함께 쓰러지는 곤륜 무인들!

계속된 공격으로 인해 그렇지 않아도 지친 상태인 그들은 단 한수에 나가 떨어져 버린 것이다.

울컥!

"우웩!"

여기저기서 내상을 입은 것인지 피를 토해내는 자들이 많았다.

도현으로선 가볍게 움직인 것인데 이런 반응을 보이니 되려 당황했다.

'곤륜이 약한 것인지…… 아니면 내가 너무 강한 것인지 잘 모르겠군. 뭐, 저들을 상대하면 알 일이지.'

주변을 둘러보던 도현의 시선이 굳은 얼굴로 자리에 서 있는 장문인과 장로들에게 향한다.

그리고 그들을 비웃으며 손가락을 들었다.

"덤벼."

내부가 진탕되는 강렬한 느낌과 함께 곤륜을 뒤덮은 마기가 더욱 미쳐 날뛰는 모습을 보며 곤륜의 장문인인 장명진인은 식은땀을 흘리지 않을 수 없었다.

도저히 인간으로 생각되지 않는다.

뒤에서 움직이지 않고 연신 일대제자들에게 명령만 내렸지만, 운룡금검진의 위력을 누구보다 잘 알고 있는 그이기에 지금의 상황을 더욱 쉽게 받아들일 수 없었다.

아무리 적이 강하다 하더라도 곤륜의 강력한 검을 동원하고도 상처하나 남기지 못했다니.

치욕적인 일이지 않을 수 없다.

"지금…… 즉시 은거에 접어든 전대 장로님들을 불러 오시오."

"허나, 그곳은……!"

"장문령이요!"

장문인의 외침에 굳은 얼굴로 장로 한명이 고개를 끄덕이곤 재빨리 몸을 날린다.

곤륜의 심처인 상청궁을 지나 뒤편의 높은 산으로 향하는 그.

"그분들께서 오시기 전까지는 우리가 막아야 합니다. 아무리 괴물 같은 자라하나 지치지 않았을 리 없으니, 최선을 다해야 할 것입니다."

"존명!"

이미 장문령이 발동 된 사항이기에 장로들은 일제히 고개를 숙이곤 각자의 무기를 뽑아 들며 몸을 날린다.

빠르게 도현을 중심으로 원을 그리며 자리를 잡은 장로들.

"천마라 했나? 그대의 목적이 무엇이건 간에 본파의 힘을 우습게 생각한 것을 후회하게 될 것이다!"

"후회? 지금까지는 후회할 만한 일이 없었는데?"

태연한 도현의 대답에 장문인의 얼굴이 붉어진다.

곤륜 최강의 합격진을 펼치고서도 상처하나 남기지 못했음이니 어찌 부끄럽지 않겠는가.

하지만 일파의 장문으로서 금세 그런 기색을 지워버린 그는 당당한 얼굴로 입을 열었다.

"본파는 결코 약하지 않다! 홀로 온 것을 후회하게 될 것이다!"

"말만 앞서는 군. 차라리 자우진인이 더 그 자리에 어울렸겠어."

"자, 자우진인?"

갑작스레 튀어나온 자우진인의 이야기에 깜짝 놀라는 그들을 보며 도현은 빙긋 웃었다.

그제야 학도사들이 곤륜에서 제대로 된 취급을 받지 못하고 있음을 떠올린 것이다. 천마성에서 읽었던 책에서도 가볍게 스쳐지나가던 정도로 써놓았던 일이기에 제대로 기억하지 못하고 있었던 것이다.

그러나 짧게 지나갔던 문장을 떠올릴 정도로 도현의 뇌는 이미 인간의 경지를 벗어났다고 보아도 되었다.

읽었던 것, 보았던 것, 들었던 것, 느꼈던 것.

어느 하나도 도현은 잊지 않을 것이 분명했다.

죽을 때까지 말이다.

"운룡금검진이라는 것보다 학도사들이 목숨을 걸고 펼

친 구궁만만생절진이 훨씬 더 흥미롭고 대단한 진법이었어. 보물을 눈앞에 두고도 제대로 다루지 못하다니. 곤륜의 눈은 썩고 또 썩어 필요 없을 정도로구나."

신랄한 비판에 장문인은 이를 악물었다.

어렴풋이 학도사들이 사라졌다고 했을 때부터 그들과 갑작스런 운무가 연관이 있을 것이라 생각은 했지만, 설마 그것이 구궁만만생절진일 것이라곤 생각지도 못했다.

곤륜에 전설처럼 내려오는 진법 중의 하나이자 이젠 사장되었다고 생각했던 것이니까.

"곤륜은 오늘……."

츠츠츠!

나지막하게 말을 줄이는 도현에게서 폭발적인 마기가 뿜어져 나온다.

내공이 약한 자들은 마기와 접촉하는 것과 동시 피를 토하며 쓰러질 정도로 농후하면서도 강력하다.

마치 곤륜을 운무가 감싸며 멋들어진 운해(雲海)를 그렸을 때처럼 이번엔 마기가 곤륜에 내린다.

이전과는 비교도 할 수 없을 정도로 강력한 것이었다.

"문을 닫을 것이다."

콰르르릉!

말이 끝나기 무섭게 곤륜파의 중심에 자리를 잡고 있는 상청궁이 굉음을 내며 무너져 내린다.

도현이 서 있는 곳과 족히 백장은 넘는 거리가 있음에도 겨우 의사표시를 하는 것만으로도 건물을 무너트릴 정도의 힘을 발휘한 것이다.

"쳐, 쳐라!"

뒤돌아볼 틈도 없었다.

도현의 몸에서 흘러나오는 막대한 마기는 쉬이 감당 할수 없는 것이었고, 그 순간 장로는 그를 공격하기로 결정 내렸다.

애꿎은 제자들이 피해를 당하기 전에 놈의 시선을 자신들에게 돌리기 위함이었다.

파바밧!

일제히 움직이기 시작한 장로들.

곤륜이 자랑하는 또 다른 합격진 중 하나인 운해금룡(雲海金龍)이었다.

소수의 인원으로 만들어지는 합격진이지만 그 위력만큼은 대단한 것이라 과거 검마도 이 합격진에 당해 꽤 고생을 한 적이 있었다.

당시엔 패마의 도움으로 진을 깨트릴 수 있었지만 이번엔 도현 혼자였다.

이러한 사실을 기록을 통해 잘 알고 있는 도현이지만 자리에서 움직이지 않았다.

절대적 자신감.

누구도 자신의 몸에 상처를 낼 수 없을 것임을 벌써부터 도현은 확신하고 있었다.

쐐액!

도현의 사각의 틈을 노리고 검 하나가 밑에서부터 치고 올라오며 찔러 들어온다.

도저히 피할 수 없을 것 같은 그때 도현의 몸 주변에 끊임없이 흐르던 마기가 정확하게 검이 찔러 들어오는 곳에 집중되더니 검을 막아낸다!

쩡!

"큭!"

강한 충격에 신음을 흘리며 뒤로 물러서는 곤륜의 장로.

뒤 이어 사방에서 공격을 몰아치지만 그때마다 마기들이 자리를 옮기며 철통과도 같은 방어를 쏟아낸다.

일반적인 공격은 물론이고 검기를 이용한 공격까지 철저하게 막아내는 것을 보며 곤륜 무인들의 입이 쩍하고 벌어진다.

호신강기(護身?氣)로 몸을 보호한다는 소리는 들어보았지만 그것도 정도가 있는 법이다.

손 하나 움직이지 않고 검기까지 막아낸다는 이야기는 어디에서도 들어본 적이 없었다.

심지어 곤륜 장문인이 막대한 내공을 퍼부어 생성한 검강은 가볍게 손으로 쳐내는 것만으로도 막아낸다.

상처하나 입힐 수 없는 것은 방금 전이나 지금이나 마찬가지다.

그들의 머릿속에 '괴물'이란 단어가 지나간다.

'생각보다 효율이 나쁘지 않아.'

저들이 무슨 생각을 하든 도현은 자신이 만들어낸 무공에 대한 실험을 하느라 한창이었다.

구파일방의 하나인 곤륜파를 상대로 이런 일을 하고 있다는 것이 놀랍기만 했지만, 정작 도현은 아무렇지도 않은 듯 덤덤 표정이었다.

쩌정! 쩡!

연신 찌르고, 베어 들어오는 공격을 막아낼 때마다 강렬한 소리와 함께 은은한 진동이 전달된다.

기를 움직여 막아내는 만큼 진동만큼은 어쩔 수 없었다.

물론 기를 보강함으로서 진동조차도 전해지지 않을 정도로 두껍게 벽을 쌓을 수도 있지만 그러기엔 기의 소모도 만만치 않을 뿐더러, 그런다고 해서 적의 공격을 막아내는 강도까지 강해지는 것은 아니기에 포기한지 오래였다.

겉보기엔 그저 마기가 알아서 움직이는 것 같지만 실제로는 그 모든 것을 철저하게 도현이 통제하고 있는 행동이었다.

흔히 경지에 오르면 기의 수발이 자유로워진다고 하는데, 그것을 도현은 온 몸으로 보여주고 있는 것이다.

물론 그것보다 월등히 높은 경지였다.

'천마호신기(天魔護身氣)라 부르는 것이 좋겠다.'

천마호신기는 도현이 새로 만들어낸 것으로 기의 막을 중첩시켜 상대의 공격을 막아내는 기술이었다.

호신강기의 일종이지만 그것을 능가하는 기술을 만들어낸 것이다.

본래 호신강기라는 것은 몸 주변으로 얇은 강기를 두름으로서 적의 공격을 막아내는 것이지만, 도현은 그것을 최소 부위로 줄이고 또한 강기를 얇은 막처럼 펼쳐 중첩시킴으로서 강력한 보호막을 얻어낸 것이다.

분명 강력한 기술임에는 분명하지만 단점도 확실히 있었다.

지금 도현과 맞먹는 수준으로 기를 조종할 수 없다면 사용할 수 없다는 것과 막대한 내공을 필요로 한다는 것이었다.

뿐만 아니라 끊임없이 기를 조종해야 하니 이에 드는 정신력의 소모도 엄청난 것이었다.

도현이야 태연하게 벌이고 있는 일이지만 이것을 누군가에게 친근하게 풀어서 설명을 한다 하더라도 쉽게 펼칠 수 없을 터였다.

그야 말로 오직 천마를 위한 무공인 것이다.

강자존의 법칙이 살아있는 천마신교이니 만큼 천마의 자리에 오르기 위해선 막강한 실력을 바탕으로 해야 할 것이고, 그런 자라면 능히 천마신공을 펼칠 수 있을 것이란 믿음을 가지고 도현은 천마신공을 만들어가고 있었다.

쾅!

굉음과 함께 눈앞에서 나타났다가 멀어지는 곤륜 장문의 강기를 보며 짧게 혀를 차는 도현.

눈에 선명할 정도로 금이 갔다가 다시 복구되는 천마호신기를 본 것이다.

아무리 노력해도 천마호신기는 강기무공은 완벽하게 막아내지 못하고 있었다. 물론 지금처럼 내공을 쏟아 부어서 만든 가짜 강기라면 내공을 쏟는 것만으로 막아 낼 수 있지만, 진짜를 상대로는 요원한 일이었다.

진짜와 가짜 강기에는 그만큼 엄청난 차이가 있는 것이다.

물론 현 무림에서 진짜 강기를 사용할 수 있는 자들이 무척이나 드문 일이기에 큰 걱정은 없지만 마음에 들지 않는 것은 사실이었다.

스윽—

손을 드는 도현.

더 이상 천마호신기의 실험도 의미 없다 생각했기에 이제 이 싸움을 끝을 보려는 것이다.

우웅!

낮은 울림과 함께 검에 물드는 손!

겉보기엔 단순히 검게만 변한 것 같지만 실제론 그의 손 엔 상상을 초월하는 내공이 집결되어 있었다.

천천히 손을 앞으로 내지른다.

번쩍!

순간 눈앞을 가리는 검은 빛이 사방을 덮치며 막대한 마 기를 머금은 장력(掌力)이 날아간다.

"피, 피해라!"

강렬한 파괴력이 느껴지는 그것에 깜짝 놀라며 장문 인이 지시했고, 재빨리 사방으로 흩어졌지만 보는 것보 다 훨씬 더 빠른 그것에 몇몇이 휩쓸리며 비명을 내지른 다.

"크아아악!"

"사, 살……!"

덜썩!

콰앙!

쿠르르르…….

순식간에 눈앞의 모든 것을 쓸어버리는 검은 장력을 보 며 만족스러운 듯 고개를 끄덕이던 도현의 눈에 저 멀리서 다급히 달려오는 사람들이 몇 보인다.

처음 장문인이 불렀던 곤륜의 은퇴한 무인들일 터다.

"흠…… 이번 건 천마파천장(天魔破天掌)이라고 부를까?"

새로운 초식의 이름을 정하며 중얼거리는 사이 다급한 표정의 원로들이 자리에 도착했다.

하지만 도현의 시선은 그들을 보고 있지 않았다.

어느새 해가 지며 붉게 물들어가는 곤륜산을 보고 있을 뿐이다.

불타오르는 곤륜을 보는 듯만 하다.

콰직!

발바닥으로 전해지는 강렬한 느낌을 뒤로 하고 도현은 주변을 둘러보았다.

자신을 중심으로 수백에 이르는 인원이 싸늘한 시신이 되어 죽어 있었고, 온 사방에 붉은 피가 고여 흐르고 있었다.

곤륜의 오랜 전통을 자랑해온 건물들은 어느 것 하나 남김없이 무너져 있었다.

겨우겨우 형체를 유지하고 있는 것들도 있었지만, 그냥 두어도 금방 무너질 것만 같은 모습에 도현은 숨을 내쉬며 내공을 거둬들인다.

"위력이 너무 강한 것 같은데……."

얼굴을 찌푸리는 도현.

천마신공의 위력은 도현 그 자신도 놀랄 정도로 엄청난 것이었다.

신공(神功)이라 불리기에 충분하다 못해 넘칠 정도였다.

그의 일수에 수백 년 역사를 자랑하던 전각이 무너져 내렸으며, 수십의 곤륜 무인들이 죽임을 당했다.

곤륜의 은거기인을 비롯해 장로와 일대제자들이 모조리 죽임을 당하는 동안 누구도 도현에게 상처를 낼 수 없었다.

옷자락조차도 베지 못했다.

곤륜의 치욕인 것이다.

"그…… 대가 뭘 원…… 하든 곤…… 륜의 정기는 끊…… 기지 않……."

털썩.

아직 숨이 끊어지지 않은 듯 곤륜의 장문인 장명진인이 힘들게 말을 내뱉다가 고개를 숙인다.

그로선 죽기 직전 어떻게든 곤륜의 의지를 보여주려 한 것이겠지만 도현에겐 아무런 감흥을 주지 못했다.

당연한 일이었다.

몸에 상처라도 남겼다면 모를까 그지도도 못한 자들에게 무슨 감정이 들겠는가.

"흠…… 나머지는 저쪽인가?"

도현의 눈이 곤륜파에서 멀지 않은 산이 눈에 들어온다.

그곳에서 느껴지는 인기척들.

어마어마한 거리가 있음에도 불구하고 아무렇지 않은 듯 도현은 기감의 거리를 늘려 모든 것을 파악하고 있었다.

스스로 천마라 불렀던 만큼 도현은 그 이상의 힘을 손에 쥐고 완벽하게 휘두르고 있는 것이다.

"어쩐다?"

이곳에서 탈출한 자들은 아이들을 인솔한 장로들 몇과 삼대, 사대 제자들 뿐이다.

이제 막 곤륜의 무공을 익히기 시작한 자들인 것이다.

도현에겐 손을 가볍게 움직이는 것만으로 죽일 수도 있는 상황이었지만, 결국 움직이지 않았다.

곤륜의 뿌리를 뽑고자 한다면 아주 좋은 기회이지만 움직이려던 순간 자우진인의 얼굴이 떠오른 것이다.

곤륜에서 유일하게 자신을 괴롭혔던 자이고, 죽는 그 순간까지 목숨을 구걸하기 보단 자신을 가르치려 들었던 자.

"뭐…… 나쁘지 않겠지."

결국 도현은 곤륜의 흔적을 지우는 것을 포기했다.

훗날 후회가 될 지도 모르는 일이지만 그 정도 역경을 이기지 못할 천마신교가 아니었다.

아니, 자신이 그렇게 만들 것이었다.

"그냥 가긴 좀 그렇고…… 그렇지."

169

주변을 둘러보고 있을 때, 마침 무너진 전각에서 곤륜의 무공서들이 눈에 들어온다.

후두둑!

허공섭물의 수법으로 단번에 흩어진 무공서들을 들어올리는 도현.

태연한 얼굴로 이곳저곳을 뒤지던 그는 더 이상 찾을 것들이 없자 발걸음을 옮긴다.

"이것들은 금화상단을 통해서 옮기면 되겠지."

아직 빈자리가 많은 천마비고에 좋은 선물이 될 곤륜의 무공서들을 허공에 띄운 채 도현은 곤륜을 내려간다.

어두운 밤하늘.

곤륜의 밤을 밝히던 곤륜파의 불이 꺼졌다.

◑

콰직!

맞붙은 도와 검이 굉음을 내며 시합장의 한 가운데서 힘겨루기를 한다.

검과 도를 쥔 두 사내의 얼굴이 벌겋게 달아오른다.

쩡!

병장기 소리와 함께 동시에 뒤로 물러서는 두 사람.

거친 숨소리와 온 몸을 적시는 땀이 얼마나 치열한 싸움을 벌인 것인지를 잘 말해준다.

시합장을 지켜보고 있는 사람들 역시 소리하나 내지 않고 식은땀이 가득한 두 주먹을 불끈 쥔다.

묵직한 도와 달리 왜소한 몸을 지닌 혈사도(血蛇刀) 왕이충과 보통의 장검보다 좀 더 긴 검을 지닌 키가 큰 사내 고검(高劍) 경기운의 대결은 시합이 열리기 전부터 큰 소동을 일으켰다.

무림에서도 견원지간으로 유명한 두 사람인데다가 그 실력 또한 만만치 않은 강자들이기 때문이었다.

서로의 실력을 잘 알기에 말다툼만 할 뿐 실제로 싸우는 경우는 거의 없었는데, 이번 무림대회에서 격돌한 것이다.

처음엔 부담스러워했지만 차라리 잘 되었다며 이번 기회에 승기를 잡으려고 자신의 모든 실력을 남김없이 발휘하고 있는 두 사람이었다.

그 증거로 시합장 안의 관객들은 입도 뻥긋하지 못했고, 시합이 시작된 지 벌써 한 시진이 가까워져 오고 있음에도 승부를 내지 못하고 있었다.

두 사람의 실력차이는 그야말로 종이 한 장 차이도 나지 않는 상태인 것이다.

절대호각인 두 사람이 만났으니 싸움이 길어지며 지루해질 법도 하건만 갈수록 자존심 싸움이 되어버려 이젠 멈출 수 없을 지경이었다.

"후우, 훅!"

"하아, 하아!"

거친 숨을 몰아쉬는 두 사람.

내공이 거의 고갈된 상황의 둘은 본능적으로 이번이 마지막이 될 것이라 생각하고 최고의 초식을 준비하기 시작했다.

도(刀)와 검(劍)은 도검(刀劍)이라 불릴 정도로 비슷하지만 또 전혀 다르기도 했다.

오로지 베는 것에 특화된 것이 도라 한다면 검은 찌르는 것에 주를 두되 언제든지 벨 수 있는 역할도 한다.

변화에 능한 검과 힘을 실 수 있는 도이기에 언제나 무림에서는 검과 도를 두고 겨루는 자들이 많았는데, 이 자리에 선 두 사람 역시 그랬다.

우우우……!

있는 모든 내공을 검과 도에 쏟아 부은 두 사람의 신형이 동시에 움직인다.

"굉호참(轟號斬)!"

"만영화리(萬影和利)!"

단순하면서도 강렬한 혈사도의 도와 일순 사방을 점하며 높은 곳에서부터 무수한 변화를 일으키는 고검의 검이 부딪쳤다!

쩌엉!

휘리릭– 텅!

귀를 울리는 굉음과 함께 날아간 무기가 시합장의 한 구석에 박힌다.

"빌어…… 먹을!"

털썩!

쓰게 웃으며 쓰러지는 혈사도를 보며 거칠게 숨을 내몰아 쉬던 고검의 얼굴에 잠시 미소가 띄지만 곧 그 역시 자리에 주저 앉았다.

"승(勝)! 고검 경기운!"

우와아아아!

심판의 선언과 함께 거대한 함성이 사방을 뒤흔든다.

와아아아!

사람들이 내지르는 함성을 들으며 허독량은 자리에서 일어섰다. 귀빈석에 앉은 그였기에 밖으로 나가는 것은 그리 어렵지 않았다.

저벅저벅–

밖으로 나가는 통로를 걷는 그의 뒤로 어느새 몇몇 사내들이 따라 붙는다.

하나 같이 얼굴을 완전히 가리는 철립을 쓴 그들.

"이제 몇이나 남았지?"

"오늘 시합으로 모두 끝났습니다."

173

"그래?"

뒤에 선 수하의 보고에 허독량은 고개를 끄덕인다.

방금 시합을 마친 두 사람 중 패자인 혈사도는 혈교의 무인으로 이번 허독량의 임무를 지원하기 위해 파견된 자였다.

허독량의 지시로 시합에 나가긴 했지만 그는 최선을 다했다. 사람들에게 이상함을 지적받아서도 안 되지만, 혈교의 무공을 드러내지 않는 수준에선 고검이라는 자와 비슷한 취급을 받는 것도 사실이었던 것이다.

"꽤 불만이 많을 것입니다."

혈사도의 마음을 알기라도 하는 듯 수하 중 하나가 말하자 허독량은 피식 웃으며 말했다.

"그렇겠지. 중원 무림의 형편없음을 눈으로 확인했으니. 대체 왜 사부님께서 이렇게 신중을 기하시는 것인지 알 수 없을 정도로 말이야. 하루라도 빨리 이 재미없는 대회가 끝이 났으면 좋겠어."

"때가 되면 얼마든지 피를 맛볼 수 있을 것입니다."

"그렇겠지. 그러니…… 네 역할이 중요해. 낙월."

"물론입니다."

철립을 쓴 사내 중 하나가 고개를 숙인다.

그는 다름 아닌 혈교에서 백도맹을 흔들기 위해 투입했던 낙월이었다.

백도맹에 있어야 할 그가 어느새 이곳에서 모습을 보이고 있었다.

철립을 눌러 썼기에 다른 사람들에게 들킬 염려는 없지만 그렇다 하더라도 그곳에서 제갈강을 제어하고 있어야 할 그가 이 자리에 있다는 것은 쉽게 이해 할 수 없는 일이었다.

하지만 반대로 이야기 하자면…… 그만큼 제갈강을 잘 다루고 있다는 뜻이기도 했다.

"제갈강은?"

"지금쯤이면 술과 여자에 푹 빠져들어 있을 것입니다. 몇 번의 성공으로 이미 자신이 백도맹주라도 되는 듯한 착각에 빠져들어 있습니다."

"다른 놈들은?"

"세 제자들이 손을 잡고 제갈강을 견제하고 있습니다. 맹주 역시 무엇인가 눈치를 챈 것인지 그들을 은근히 지지하고 있습니다만…… 이번 대회가 끝난다면 그럴만한 정신도 없을 겁니다."

"큭큭, 그렇겠지. 아무쪼록 그 때가 될 때까지 조심하라고."

"명!"

고개를 숙이는 것과 동시 모습을 나타냈던 사내들이 모습을 감춘다.

어느새 통로를 지나 출입구에 도착을 했던 것이다.

두두두—!

묵중한 말발굽소리와 함께 먼지를 피워 올리며 사라지는 금화상단의 수레를 뒤로하고 도현은 천천히 발걸음을 옮긴다.

곤륜이 도현에게 불타 오른 것이 오늘로 삼일 째가 되는 날이었다.

아직까지는 조용했지만 도망쳤던 곤륜의 제자들이 곤륜을 찾게 된다면 소동이 일어나는 것은 금방일 터였다.

심지어 곤륜의 산문 밖에 상징처럼 자리를 잡고 있던 거대한 돌에 도현은 지강(指罡)을 펼쳐 글을 새겨놓고 왔다.

천마신교출무림(天魔神教出武林).

단 일곱 글자로 이루어진 그것은 천마신교의 존재감을 드러냄과 동시 무림에 신교의 힘을 드러내는 징표가 될 것이었다.

"생각보다 일정이 지체 됐나?"

하늘을 슬쩍 바라본 도현의 신형이 신기루처럼 사라진다.

곤륜에서 가져온 무공서들을 금화상단에 연락하여 신교

로 옮기는 작업이 생각보다 길어졌던 탓에 처음 목적으로
했던 일의 일정이 많이 늦어졌다.

도현이 한창 바쁜 천마신교를 뒤로하고 무림으로 나온
것은 천마신교의 탄생을 알리기 위함도 있지만 아직도 정
체를 숨긴 채 모습을 드러내지 않고 있는 혈교를 밖으로
끄집어내기 위해서였다.

사황성과 백도맹은 그들 스스로 무너지는 중이었기에
하나로 단단하게 뭉친 천마신교의 상대가 될 수 없었다.

결국 천마신교에게 현재 가장 큰 적은 바로 혈교였다.

놈들이 어떤 힘을 가지고 있는 것인지, 얼마나 강대한
세력을 구축하고 있는 것인지 조금도 알려진 바가 없었다.

드러나 있는 적보다는 숨어 있는 적이 더 무서운 법이다.

이번 기회에 도현은 혈교를 밖으로 끄집어내려고 마음
먹은 것이었다.

쉬쉬쉭!

순식간에 산을 통과해 동쪽으로 향하는 도현.

처음 천마신교를 벗어날 때보다 훨씬 더 경쾌하고 빨라
보이는 신법은 무척이나 안정적으로 보였는데, 그 짧은 사
이에 잘못된 점을 고치고 보강까지 해버린 것이다.

지금까지 만들어낸 천마신공 중 가장 적은 내공을 필요
로 하는 그것에 도현은 '천마비행술(天魔飛行術)'이라 이
름 지었다.

술(術)이라 붙인 것은 이것이 곤륜의 학도사들을 상대하면서 얻은 지식을 바탕으로 완성시켰기 때문이었다.

그 이름처럼 실제로 도력을 필요로 하는 것은 아니지만, 다른 천마신공들이 그러하듯 누구보다 순수하고 깨끗한 마기를 필요로 하는 것이기에 지금까지 만든 천마신공 중 가장 간단하다 하더라도 쉬이 접근 할 수 없는 종류의 것이었다.

마도(魔道)로 깨달음을 얻어 마선(魔仙)이라 불리는 이들이라면 또 모를까 천마비행술의 원리를 알아내는 사람은 거의 없을 터였다.

화살보다 월등히 빠른 속도로 한 걸음에 족히 수백 장은 쭉쭉 움직이는 그 모습은 충분히 비행(飛行)이란 이름이 붙을 만 했다.

이런 속도라면 굳이 몸을 숨기지 않아도 다른 사람들의 이목에 걸려들지 않을 정도였기에 도현은 거의 일직선으로 움직이고 있었다.

무림대회가 열리고 있는 무한을 향해.

天魔柔士 8章.

8 章.

"제법인데?"

구룡무관이 신입 관도를 받아들일 때보다 훨씬 더 많은
사람들로 가득 찬 무한을 보며 도현은 진심으로 감탄했다.

무림대회 하나 만으로 이 큰 도시가 이렇게까지 활기차
게 변한다니 쉽게 믿을 수 없을 정도였다.

물론 그 대부분이 무림인들이라 장사를 하는 상인들을
제외한다면 불안한 얼굴을 한 이들도 적지 않았지만, 어쨌
거나 무림인들이 무한에서 뿌리는 돈은 결코 적은 것이 아
니었다.

"이만하면…… 보고서 보다 훨씬 더 많은 것을 태랑상
단은 얻었겠군."

이미 천마안(天魔眼)이란 새로운 이름을 얻은 천마성의 정보조직이 움직여 얻은 정보에 대한 보고서를 받은 도현이었다.

도현이 혈교 놈들을 밖으로 끄집어내기 위해 이곳에 온 이유도 그들이 캐온 정보 때문이었다.

태랑상단이 혈교와 깊은 관련이 있다는 것.

그리고 정체를 알 수 없는 자들이 가끔 태랑상단에 출입을 한다는 것이었다.

작은 단서에 불과한 것이었지만 도현은 직감적으로 이번 대회가 혈교 놈들에 의해 일어난 것이라 생각했다.

그리고 무림에 대한 정보가 쏟아져 들어오기 시작하자 생각을 확신으로 바꿀 수 있었는데, 이번 대회로 인해 백도맹과 사황성이 처할 상황을 생각한다면 당연한 일이었다.

아직 이에 대해 눈치 챈 사람이 없다는 것이 오히려 이상할 정도였다.

'사람의 욕심은 먼 곳을 보지 못하게 만드니 어쩔 수 없는 일인가?'

백도맹의 머리라 할 수 있는 제갈세가 역시 오대세가의 일원인 이상 이번 대회가 주는 의미를 모르진 않을 것이다.

하지만 그보단 오대세가가 더 큰 권력을 잡는 것을 우선

적으로 여기고 있다는 것이 옳을 것이었다. 권력이라는 것은 그런 것이니까.

'혈교가 노리는 것이 정확하게 무엇인지 모르겠지만 최소한 놈들이 큰 힘을 들이지 않고 무림을 손에 넣고 싶어 한다는 것은 알겠어. 그렇지 않고서야 힘을 가지고서도 뒤편에서 이런 공작을 하고 있을 리 없으니.'

도현의 추리는 거의 정확한 것이었다.

실제로 혈교에선 힘의 큰 낭비 없이 중원 무림을 손에 넣고 싶어 하고 있었으니까.

'본교의 등장으로 인해 백도맹과 사황성의 갈등은 임시로라도 봉합이 되겠지.'

이번에 도현이 노리는 것은 크게 두 가지였다.

하나는 백도맹과 사황성의 분열을 막는 것이고, 또 하나는 혈교를 밖으로 끌어내는 것이었다.

백도맹과 사황성이 분열을 일으키는 가장 큰 이유는 강력한 적이던 천마성이 무너졌기 때문이었다.

그렇기에 천마신교의 존재가 드러난다면 그들은 분열을 일으킬 수 없게 된다. 벌어진 골이야 어쩔 수 없겠지만 천마신교를 상대하기 위해서라도 그들은 갈라 설 수 없을 터였다.

천마성의 힘이 고스란히 천마신교로 이어졌음이니 그 힘을 알고 있다면 당연한 일이었다.

그렇게 두 세력이 더 이상 분열하지 않고 방비를 단단하게 하기 시작한다면 혈교로선 더 이상 참고 있을 수 없게 될 것이 분명했다.

하지만 이런 계획을 성공시키기 위해선 한 가지 조건을 필요로 했다.

바로 천마신교에 대한 막대한 두려움이다.

두려움이 크면 클수록 그들은 한데 똘똘 뭉칠 것이고, 그것이야 말로 도현이 원하는 것이었다.

적어도 혈교가 모습을 드러내고 난 뒤에도 쉽게 무너지지 않을 테니까.

"천마신교는 곧 나다. 내 힘을 드러내면 될 일이지."

천마신교의 힘을 보여주는 것은 어렵지 않았다.

그 말처럼 도현 자신의 힘을 아끼지 않고 보여주면 될 일이니까.

과정에서 혈교 무인들이 나타나기라도 한다면 더욱 좋았다.

"기왕이면 사부님의 원수가 모습을 드러내면 더 좋을 것이고……."

도현의 두 눈에 흐르는 살기.

스스로 억제하고 있으니 다행이지 그렇지 않았다면 그의 주변으론 누구도 숨을 쉬지 못하고 있을 터였다.

와글와글-!

시간이 되자 무인들이 시끄러운 소리와 함께 구룡무관을 향해 몰려가기 시작했다.

오늘은 무림대회의 마지막 날.

다시 말하면 무림대회의 우승자를 가려내는 날인 것이다.

그런 만큼 도시 전체에 가득 흥분감이 끓어 넘치고 있었다.

"청! 무당 역사상 최고의 기재인 그의 검 앞에 멀쩡히 서 있는 자는 없다! 무림에 떠오르는 빛! 무당검성(武當劍星) 구유창!"

와아아아!

맛깔 나는 사회사의 소개와 함께 청측에서 무당검성 구유창이 모습을 드러내자 떠나갈 듯한 함성이 거대한 시합장을 뒤흔든다.

무당의 상징이라고도 할 수 있는 청의를 가지런히 차려 입은 그는 뛰어난 얼굴을 지닌 미남자였는데, 그 스스로 순결한 도인이 되기로 마음을 먹은 탓에 많은 여인들이 발을 구르고 있었다.

무당의 도인이라 해서 결혼을 하지 못하는 것은 아니었지만, 그는 공개적으로 여인에 대해 마음이 없음을 밝혔던 것이다.

허리춤에 찬 태을검(太乙劍)은 무당의 보검으로 그가 무당제일검(武當第一劍)임을 뜻하는 것이었다.

그가 자리를 잡자 이번엔 사회가자 반대쪽 홍측을 바라보며 입을 놀린다.

"홍! 새로운 강자의 출현에 무림이 환호한다! 그의 검에 깃든 의기천추의 기운이 세상에 퍼져나간다! 남궁세가의 별! 창천의검(蒼天義劍) 남궁의태!"

와아아아-!

무당검성에 뒤지지 않는 함성이 거대하게 울려 퍼진다.

창천의검 남궁의태는 현 남궁세가주의 외아들로 마치 남궁세가의 무학을 익히기 위해 태어나기라도 한 듯 엄청난 속도로 남궁세가의 무학들을 흡수하기 시작했고, 남궁세가의 총력이 그에게 쏟아진 결과 현 남궁세가에서 손에 꼽히는 강자 중 한 사람이 될 수 있었다.

아니, 그 조차도 제 실력을 보이지 않았다는 의견이 지배적일 정도로 뛰어난 실력을 자랑하고 있었다.

일각에선 백도맹주인 검신 남궁선의 후계는 그 밖에 없다고 부를 정도였다.

정작 남궁선은 그를 제자로 받아들이지 않았음에도 말이다.

막강한 실력을 지닌 두 사람의 결승 격돌에 16강에서부터 사용했던 대회장은 더 이상 사람이 들어설 여지가 없을 정도로 가득 들어찼다.

어림잡아도 2만이 넘는 인원이 한 번에 내지르는 함성
은 몸을 뒤흔들기에 부족함이 없었다.

결승에 오른 두 사람은 실상 대회에 참석을 한다고 선언
을 했을 때부터 우승 후보로 손꼽히던 자들이었다.

아직 나이가 많지 않음에도 불구하고 벌써부터 무당제
일검으로 불리며 그 실력을 천하에 드러내기 시작한 무당
검성과 비슷한 연배에 남궁세가의 절학을 한 몸에 지니고
있다는 창천의검.

남궁세가 역시 검에 있어선 천하 어떤 문파에도 밀리지
않는 가문이다 보니 자연스럽게 사람들의 시선이 몰려들
수밖에 없었다.

입이 가벼운 자들은 벌써부터 검신의 뒤를 이을 차대 천
하제일검의 자리를 건 싸움이라 부르는 자들이 있을 정도
였다.

창천의검은 무당검성과 달리 호남형의 얼굴을 지니고
있었는데, 그 역시 뛰어난 매력으로 많은 여인들의 가슴을
뛰게 만들고 있었다.

두 사람이 각자의 자리에 마주서자 아직 검을 뽑지 않았
음에도 불구하고 강렬한 기세가 느껴지는 듯 하다.

눈빛만으로 서로를 잡아먹을 수 있다면 벌써 그러고도
남았을 터였다.

'이번 싸움 만만치 않겠구나. 장문인의 명령이 없더라도 최선을 다해 싸워야 하는 자다.'

무당검성의 머리가 복잡해진다.

이미 장문인에게서 모든 실력을 동원하여 그를 제압하라는 명령을 받은 그였다.

내심 자신과 같은 취급을 받고 있는 그였기에 이번 기회에 무당의 이름을 알릴 겸 그를 누르고자 했는데, 막상 앞에 서자 쉽지 않아보였다.

그것은 창천의검 역시 마찬가지였다.

이미 두 사람의 싸움은 두 사람만의 싸움이 되지 않은 지 오래였다.

두 사람이 결승에 오르는 것이 결정됨과 동시 구파일방과 오대세가의 싸움이 되어버린 것이다.

이를 증명하기라도 하듯 이제까지 귀빈석을 만들어 놓았음에도 구파일방과 오대세가의 중요 인물들이 찾는 경우가 드물었는데, 이번에는 자리가 모자랄 정도로 가득 들어 차 있었다.

심지어 같은 곳에 앉지 않으려는 통에 태랑상단에서 급히 맞은편에 새로운 귀빈석을 개설해야 할 정도였다.

오늘의 시합을 위해 무당검성은 그 귀하다는 소림의 대환단과 화산의 소요선단을 선물 받았고, 창천의검은 제갈세가의 은하삼성단과 사천당가의 봉황단, 모용세가의 구룡환을 선물 받았다.

그만큼 이번 시합에서 이기기를 서로 원하고 있다는 것
이다.

"시합…… 시작!"

사회자가 선언과 함께 재빨리 시합장 밖으로 벗어나고
서도 움직이지 않고 서로를 바라보고 있던 둘은 거의 동시
라 해도 좋을 정도로 천천히 검을 뽑아 들었다.

영롱한 빛을 뿌리는 태을검과 푸른 기운을 받아 든 듯한
남궁세가의 보검 중 하나인 청검(淸劍)이 모습을 드러낸
다.

둘 모두 무림 어딜 가더라도 보물 소리를 들을 수 있는
명검이기에 지켜보는 이들의 눈이 빛난다.

이런 때가 아니라면 언제 무당과 남궁세가의 보검을 지
켜 볼 수 있겠는가.

긴장감이 흐르는 대회장.

휘잉…….

불어오는 바람에 밀리 듯 낙엽하나가 시합장 위로 날아
들었고, 그것이 바닥에 떨어지는 순간 두 사람의 신형이
서로 교차한다.

쩌엉!

귀를 때리는 강렬한 소리와 온 몸으로 느껴지는 강력한
기파!

순식간에 시합장이 달아오른다!

와아아아─!

거대한 함성으로 뜨겁게 달아오른 시합장을 둘러보며 도현은 웃지 않을 수 없었다.

수많은 무림인들이 돈을 내고 다른 사람의 싸움을 구경하기 위해 이 자리를 찾고 있었다.

물론 고수들끼리의 싸움을 보는 것만으로도 무인에게는 큰 도움이 되는 것은 사실이지만, 이렇게까지 흥분하면서 달려드는 것은 시합장의 선수들에게 자신의 모습을 투영시키기 때문일 것이었다.

진정한 고수라면 차라리 시합에 뛰어들면 들었지 이 자리에서 환호성을 지르며 구경하는 것은 피하려 할 터다.

'사람들의 욕망은 언제나 돈이 되는 법이라 했지. 욕망을 잘 이용하는 사람은 위험은 크지만 그만큼 많은 돈을 버는 법이지.'

태랑상단주와 상단의 주요 인사들이 앉아 있는 곳을 바라보던 도현의 눈에 한 사람이 보인다.

상단주의 곁에 앉은 사내.

평범한 듯 보이는 인상의 사내에게서 눈을 뗄 수가 없었다.

'누구지? 보고엔…… 저런 자가 없었다.'

이곳에 오기 전 천마안으로부터 많은 정보를 받은 도현이었지만 저런 외모를 가진 사내에 대한 이야기는 조금도 없었다.

평소라면 정보 누락이라던지 새로운 얼굴이라 생각하고 넘어갔겠지만 이번엔 달랐다.

어딘지 모르게 그에게서 눈을 뗄 수가 없었다.

그리고 익숙했다.

정체를 알 수 없는 익숙함.

저정! 콰앙!

시합장의 두 사람이 격렬하게 부딪치며 시합장이 뜨겁게 달아오르지만 도현의 몸은 반대로 차가워져만 간다.

'어디지? 어디서 저 자를 봤던 것이지?'

아무리 머릿속을 뒤져도 저런 얼굴을 본 기억이 없다.

하지만 몸은 신호를 보내고 있었다.

저 자를 알고 있다고.

◐

투확-!

날카로우면서도 둔탁한 소리와 함께 정확하게 자리를 찾아가는 거대한 나무못을 박아 넣은 우혁은 잠시 주변을 살펴보며 잘못된 점은 없는지를 살핀 후에야 뒤로 물러섰다.

지금 그가 공사를 진행하고 있는 곳은 앞으로 천마신교의 중심이자 가장 높은 곳에 위치하게 될 천마각(天魔閣)이었다.

다시 말해 도현이 돌아온다면 앞으로 기거를 하게 될 장소인 것이다.

천마각은 장로들과 우혁들이 모두 머리를 맞대어 고민을 한 끝에 현재 공사가 벌어지고 있는 곳에서 조금 떨어져 있지만 풍경이 수려하고 천마신교가 한 눈에 들어올 수 있는 곳으로 선정하고 그들이 직접 공사를 지휘하고 있는 중이었다.

당장이야 주변에 아무 건물이 없지만 앞으로 천마신교가 커지면 점차 많은 건물들이 들어설 테니 큰 문제는 없을 터다.

아니, 천마가 기거하는 곳이니 만큼 오히려 주변에 아무 건물도 없는 것이 나을 수도 있었다.

거기에 대해선 차후 도현이 돌아오고 나면 생각을 하도록 하고 일단은 천마각의 완성이 먼저였다.

도현의 바람의 상징이 될 천마각이기에 귀하다는 재료

를 아낌없이 투입하고 있을 뿐만 아니라, 건물의 손상을 최소화하고 오래 유지하기 위해 되도록 쇠못은 사용하지 않았다.

작업에 불편함은 있지만 이렇게 함으로서 건물이 오래 갈 수 있는 것이다.

그 불편함 조차도 내공을 자유자제로 쓰는 무인들에겐 별 것이 아니었지만.

하지만 대규모로 무인들을 투입하여 건물을 짓는 와중에 생각지 못한 효과를 얻고 있었는데, 건물을 짓는 동안 새로운 깨달음을 얻어 한 단계 높은 수준에 이르는 자들이 많다는 것이었다.

무공이라는 것은 어딘가에 틀어박혀 죽어라 무공만 익힌다고 해서 그 수준이 높아지는 것이 아니었다.

육체적인 강함도 물론 중요하지만 정신적 깨달음도 그에 못지않게 중요한 것이다.

평소라면 거들떠보지 않을 일을 진행하면서 천마신교 무인들은 자신을 되돌아보거나 새로운 깨달음을 얻어 더 높은 경지에 이르는 경우가 많다보니 자연스럽게 도현에 대한 충성심이 더 높아지고 있었다.

처음엔 도현의 명령에 의해 강제로 일을 하고 있었지만, 이런 일이 계속해서 벌어지자 이마저도 도현이 자신들의 발전을 위해 지시한 것이라 와전되어 전해지고 있는 것이다.

그 뒤에는 소문을 퍼트리게한 장본인인 광호가 있었지만 신교에 나쁠 것은 없었다.

천마에 대한 충성심이 높아지니 오히려 좋아할 만한 일인 것이다.

그렇게 우혁이 잠시 쉬고 있을 때 커다란 기둥을 한곳에 내려다 놓은 광호가 땀을 닦으며 그의 곁에 다가선다.

"벌써 다했습니까?

"음. 요령만 안다면 그리 어렵진 않지."

"형님다운 대답이우."

작게 웃으며 광호는 자리에 주저앉았다.

"천마안의 소식에 의하면 지금쯤이면 교주님께서 무림대회가 열리고 있는 구룡무관에 도착하셨을 겁니다."

"어떻게 될 것 같으냐?"

"그분을 막을 수 있는 사람이 있을 것이라 생각되지 않은데?"

얼굴을 찡그리며 대답하는 광호.

도현이 이곳을 떠나기 전 장로들은 물론이고 우혁들까지 전부 한 자리에 모여 단체로 비무를 했었기 때문에 도현에 실력에 대해선 모두들 뼈저리게 느끼고 있었다.

그렇지 않았다면 어떻게 해서든 그의 뒤를 쫓았을 터였다.

중원 무인 누구도 도현을 어찌 할 수 없을 것이란 판단이 섰기에 모두들 이곳에서 편안한 마음으로 천마신교의 기틀이 될 공사를 진행하고 있는 것이다.

"그보다 곤륜에 대한 소문이 본격적으로 퍼지기 시작했습니다. 되도록 교주님께서 도착하기 전까지 소문의 시기를 늦추려고 했던 것이 효과를 본 것 같은데…… 곤륜의 일이니 만큼 금세 중원 전역에 전파 될 것 같습니다."

"곤륜의 일은 생각할수록 아쉽구나. 우리가 움직였으면 더 좋았을 것을."

"그렇기는 한데…… 뭐, 상관없지 않습니까? 오히려 지금 같은 시기에는 교주님의 강함을 보여주는 것도 나쁘지 않을 테고 말입니다."

웃으며 광호가 말하자 우혁은 고개를 끄덕이며 동의했다.

지금 같이 난세를 앞둔 상황에서 도현의 강함을 세상에 알린다는 것은 무척이나 중요한 일이었다.

한 세력의 우두머리의 강함은 곧 해당 세력의 강함을 뜻하기도 한다.

이전 천마성이 그러했듯이 말이다.

◐

쩌저적!

두 사람의 격돌에 시합장 바닥에 깔린 대리석들이 결국 압력을 이기지 못하고 부서져 나간다.

무림대회의 결승다운 뛰어난 실력을 선보이며 격돌하는 두 사람의 몸은 이미 땀으로 흠뻑 젖어 들어가고 있었다.

일 초식, 일 초식에 자신의 모든 것을 걸고 움직인다.

단순히 두 사람의 싸움 영역을 넘어서 구파일방과 오대 세가의 자존심이 어깨 위에 놓인 상황이기에 이를 악물며 움직인다.

츠츠츠!

뿜어져 나오는 검강!

사방을 압박하는 기세!

그 모든 것이 지켜보는 이들의 눈을 휘둥그레지게 만들고 있을 때 도현은 천천히 자신이 나설 때가 되었음을 느꼈다.

본래 처음 계획은 적당한 선에서 모습을 드러내는 것이었지만, 태랑상단주 옆에 앉은 사내에게 집중하느라 기회를 뒤로 미루었다.

그러던 것이 뛰어난 실력을 선보이는 두 사람을 보며 이번 기회에 저들을 확실하게 꺾어두는 것도 나쁘지 않겠다고 생각했다.

설령 그것이 저들을 절망으로 이끈다 하더라도.

"뭐야?! 안보이잖아! 비켜!"

갑작스레 일어선 도현 때문에 앞이 보이지 않자 뒤에 앉은 이들에게서 욕설이 터져 나온다.

손에 땀을 쥐는 장면을 지켜보다가 끊어진 것이니 화를 낼만 한 것이다.

"아, 미안하군. 하지만…… 지금부턴 더 재미있을 거야."

"뭐?"

도현의 말에 반문을 하던 사내의 눈이 커진다.

바로 눈앞에 있던 사내가 사라진 것이다.

자리에서 사라진 도현이 모습을 드러낸 것은 정확하게 시합장의 상공 위에서였다.

얼마나 높이 뛴 것인지 시합장이 작게 보일 정도다.

츠츠츠……!

그의 손에 집결되기 시작하는 거대한 기운!

검지에 힘이 집결되기 시작하더니 검은 지강(指?)이 발출된다!

"시작해볼까."

무심한 듯 한마디와 함께 검지에서 발출된 지강이 시합장을 향해 떨어져 내린다.

"뭐, 뭐냐!"

벌떡!

갑작스런 마기에 깜짝 놀라 자리를 박차고 일어나는 정파의 고수들!

특히 불문과 도문의 무공을 익힌 자들은 소스라치게 놀라며 하늘을 바라본다.

"이, 이런 강대한 마기라니!"

"패마가 부활이라도 했단 말인가!"

쿠르르르-!

늦은 소리와 함께 어느새 시합장 하늘을 가득 뒤덮는 검은 마기가 선명하게 모습을 드러내고!

하늘에서 날카로운 지강이 상황을 파악하지 못하고 아직도 시합을 벌이고 있는 두 사람의 사이로 떨어져 내린다.

쩌정!

콰드드득!

콰아앙-!

꿍음과 함께 폭발하며 날아 가버리는 시합장!

갑작스런 사건에 시합장 전체가 아수라장이 되어 버리지만 용케 자리를 지키고 있는 이들도 있었다.

비명을 지르며 도망치는 자들의 대부분은 무공을 익히지 않은 자들이었지만, 무공을 익힌 자들이라면 지금 느껴지는 이 강렬함을 생생하게 느낄 수 있었다.

지옥의 공포처럼 다가오는 마기(魔氣)를.

"커컥!"

"우웩!"

고통스런 비명과 함께 피를 쏟는 무당검성과 창천의 검.

서로 부딪치려는 그 순간을 정확하게 뚫고 들어온 지강에 힘의 균형이 무너지며 심각한 내상을 입은 것이다.

갑작스런 상황에 피를 토하면서도 하늘을 바라보는 둘.

쿠르르르……!

어느 사이에 하늘 전체에 먹구름이 가득 깔려 있다.

웅웅웅─!

몸 안의 마기를 감추지 않고 모두 터트린 도현의 몸 상태는 최상이었다.

가진 힘을 숨기는 것은 생각보다 어려운 일이고, 자신의 절제를 필요로 하는 일인데 그럴 필요가 없자 몸의 부담이 사라지며 무척이나 편해졌다.

편해진 것은 도현의 몸만이 아니었다.

도현에 의해 숨죽이고 살아온 마기들 역시 억누름이 없어지자 온 사방으로 크게 날뛰고 있었다.

순수하고 그 끝을 알 수 없는 마기가 사방으로 날뛰는 것이다.

도현의 마기는 이미 마기라 부를 수 없을 수준에 도달해 있었는데, 선기(仙氣)의 수준에 이르러 있었다.

마선(魔仙)이라 불러도 무방한 수준인 것이다.

만약 도현이 지금 이 자리에 있는 모든 이들의 목숨을 바랐다면 마기들은 당장 사람들을 공격했을 것이다.

스스스!

모두의 시선이 자신에게 집중되자 도현은 천천히 땅을 향해 내려가기 시작했다.

그가 원한다면 얼마든지 허공에 머무를 수 있겠지만 애초 모두의 시선을 자신에게 향하는 것이 목적이었기에 내려가는 것이었다.

척!

마침내 시합장의 중심에 내려선 도현은 바닥에 쓰러진 채 자신을 바라보고 있는 두 사람을 힐끔 보곤 가볍게 손을 휘저었다.

푸확!

"크악!"

"컥!"

일순 일어난 강력한 바람이 두 사람을 경기장 밖으로 내팽겨 친다!

가벼운 동작에 깃들었다곤 보기 어려울 정도로 강력한 위력!

아직도 도현의 몸에선 두려울 정도로 선명한 마기를 사방으로 내뿜어내고 있었는데, 무당검성과 창천의검이 쓰러지자 귀빈석에서 상황을 지켜만 보고 있던 이들이 일제히 쏟아져 나온다.

"그만두시오!"

"멈춰라!"

우우우!

파사의 기운이 깃든 소림의 사자후(獅子吼)와 남궁세가의 창궁소(蒼穹嘯)가 동시에 울려 퍼진다.

강직하면서도 모든 것을 포용하는 듯 중후한 사자후와 청아하면서도 하늘의 기운을 담은 창궁소는 일순 시합장에 가득한 마기를 쓸어내는 듯 했지만 잠시 뿐이었다.

"본좌는…… 천마라 한다!"

우르르릉!

도현의 목소리에 내공이 실려 사방에 퍼지자 그 힘을 견디지 못한 건물들이 뒤흔들렸고, 내공이 약한자들은 피를 토하며 자리에 쓰러진다.

내상을 입어 자리에 주저앉는 자들이 눈에 보일 정도로 많다.

"악독한 놈이로고! 그만한 마기를 흘리는 것을 보니 희대의 마인이 분명할 터! 이 자리에서 사라지는 것이 무림을 위한 길이 될 터이니……!"

파앗!

긴 말과 함께 뒤편에 서 있는 푸른 도복의 중년 사내가 몸을 날린다.

"점창파의 이름으로 용서치 않으리!"

번쩍!

푸른빛과 함께 검에 생성된 검강이 점창의 자랑이라는 사일검법의 묘리에 따라 움직인다.

단숨에 거리를 좁혀 검을 찔러 들어오는 그를 보면서도 아무런 움직임을 보이지 않는 도현과 달리 검을 찔러 들어가는 점창 무인의 얼굴에 미소가 서린다.

갑작스레 무림대회를 중단시키며 등장한 마인을 빠르게 제거한다면 그 공은 당연히 점창에 쏟아질 것이고, 차기 장문의 자리에 오르길 바라는 그에게 큰 영향을 끼칠 것이 분명했다.

놈의 목을 베는 것만으로도 희망찬 미래가 펼쳐지는 것이다.

하지만.

"그 웃음이 마음에 들지 않는군."

쩌저정!

굉음과 함께 도현의 한치 앞에서 정확하게 멈춘 채 움직이지 않는 그의 검.

"크흑!"

갑작스레 손으로 전달되는 강렬한 충격에 이를 악물며 재빨리 검을 밀어 넣으려 했지만 그의 검은 조금도 자리에서 움직이지 않았다.

"욕심이 많은 자는 먼저 죽기 마련이지."

담담하면서도 차가운 한 마디와 함께 가볍게 도현은 손을 휘저었고, 동시 점창 무인의 목이 떨어져 내린다.

푸화악!

하늘로 솟구치는 피가 사방에 튀지만 신기하게 도현에겐 조금도 묻지 않고 있었다.

바로 코앞에 있음에도 불구하고 말이다.

십만대산에서 이곳으로 오는 동안 만들어낸 천마신공 중의 하나인 천마호신기였다.

상처하나 나지 않은 천마호신기를 보며 도현은 비웃음을 흘렸다.

"먼저 나서기에 실력이 되는 줄 알았더니 곤륜의 장문인 보다 못한 실력이로구나."

"……넌 누구냐."

도현의 말을 듣고 있던 황보세가의 장로가 묻자 도현은 모두를 보며 다시 한 번 입을 열었다.

"천마."

그 한 마디에 누구도 입을 열 수 없었다.

사방을 짓누르는 거대한 마기에 대항하는 것만으로도

벅찰 지경이었으니까.

⟡

"하! 저 미친 놈!"

멀리 보이는 시합장을 보며 허독량은 이를 갈았다.

놈의 등장과 함께 재빨리 몸 안의 기운을 완벽하게 감추고 태랑상단주와 함께 시합장을 빠져나온 그.

달리는 마차 밖으로 보이는 선명한 검은 구름.

자연적인 구름이 아닌 한 사람이 만들어낸 마기였다.

"그 빌어먹을 놈! 더 강해지다니……!"

부들부들!

분노로 몸이 다 떨려오지만 다른 행동은 하지 않는다.

엄청난 마기를 뿜어내며 나타난 그에게 자신의 실력은 아무런 방해가 될 수 없다는 것을 보는 것만으로도 깨달았기 때문이었다.

혈마공(血魔功)의 성취가 6성에 달한 이후 사부를 제외한 누구에게도 지지 않을 자신이 있던 그였다.

하지만 방금 도현의 등장과 함께 그의 자신감은 산산조각 나버렸다.

뛰어넘었다고 생각했던 놈이 이제 보니 자신으로선 도저히 상대가 되지 않을 정도로 강력 힘을 지니고 있었던 것이다.

'저 정도라면 최소한…… 사부가 아니고선 상대 할 수 없겠지.'

으득!

이를 악무는 허독량.

그리곤 마차를 몰고 있는 마부에게 명령했다.

"지부가 아닌 본단으로 향해라!"

"예!"

마차가 한층 더 속도를 올리며 빠르게 달려간다.

"얼마 전 스스로를 천마라 칭하는 패마의 제자가 모습을 드러내었다 들었다. 그것이 그대인가?"

그 물음에 도현은 시선을 돌렸다.

백색 무복을 입은 노인이 그 자리에 서 있었는데, 허리춤의 검 한 자루와 소맷자락에 수놓아진 낡은 매화.

"화산의 인물인가?"

"부끄럽지만 매향일검(梅香一劍)이라 불리고 있는 화산의 늙은이라네."

정중하지만 결코 자신을 낮추지 않는 그 자세가 마음에 든 듯 도현은 고개를 끄덕이며 그가 물었던 것을 답해주었다.

"그렇다."

"허면 그대의 사부는 어찌 되었는가?"

그 물음에 도현은 대답을 하지 않았다.

하지만 그것만으로도 충분히 대답을 얻었다 생각한 것인지 그는 한발자국 뒤로 물러서며 질문을 마쳤다.

이제까지 패마의 죽음이 확실치 않았는데 이번 대화로 인해 패마가 죽었음을 확신할 수 있었음이다.

"시주께서 이 자리에 나타난 이유를 물을 수 있겠습니까?"

다음으로 나선 것은 승복을 입고 있는 승려였다.

뚜렷한 계인과 사방에 흐르는 마기에 대응하기 위해 은은하게 불문의 기운이 흐르는 그는 백권불영(百拳佛影)으로 불리며 무림에서 많은 존망을 받고 있는 혜공대사였다.

"그대는?"

"혜공이라 합니다."

"백권불영이로군."

"제 허명을 알고 계시다니 부끄럽군요. 나무아미타불."

말은 부끄럽다고 하면서 당당히 고개를 드는 것이 그 이름에 큰 자부심을 느끼고 있는 것이 분명했다.

구파일방의 모두 열 개 문파들 간에도 독보적인 위치에 올라 있는 문파가 둘 있는데, 바로 소림과 무당이다.

북숭소림(北崇少林) 남존무당(南尊武當).

북에는 소림이 있고 남쪽엔 무당이 있다는 말처럼 두 문파는 무림에서도 손에 꼽히는 역사와 저력을 자랑하는 곳이었다.

특히 소림의 경우 천하공부출소림이라 불릴 정도로 수많은 무공을 지니고 배출한 곳이었다.

본래 불문인 소림사는 오랜 시간 무림의 문파로 성장을 거듭해오며 지금에 이르러선 사실상 무림문파라 불리는 것을 당연하게 여길 정도였다.

자신들의 뿌리가 어디에 있는 것인지 잃지 않고 있기에 여전히 수많은 참배객과 불공을 닦는 스님들이 넘치는 곳이지만 소림은 무림문파로서 그 영향력을 공고히 하기 위해서라도 많은 신경을 무림에 쏟고 있었다.

어쨌거나 확실한 것 한 가지는 현 소림은 불문의 계파라기 보다는 무림문파라는 것이다.

"소림이라…… 한 번 무너질 때가 되었지."

"뭐, 뭐라구요?"

깜짝 놀라 자신을 바라보는 그에게 도현은 무시무시한 살기를 내뿜었다.

단순히 마기를 뿜어내는 정도가 아니라 살기가 뒤섞이기 시작하니 마치 지옥의 그것처럼 빠른 속도로 주변의 기세가 변하기 시작했다.

온 몸을 조여 오는 강렬한 공포.

"곤륜이 무너졌듯 소림은 내 방문을 기다리고 있는 것이 좋을 것이다."

"곤륜!"

"설마 그 소문이 사실이었던 것인가!"

깜짝 놀라는 사람들.

본래 이 자리에는 곤륜의 장로도 참석하기로 되어 있었지만 이곳에 도착하기 전 들려온 급보에 곤륜의 장로는 모든 곤륜 무인들을 이끌고 돌아가 버렸다.

그 뒤로 곤륜 참사에 대한 소문이 돌았지만 정확하지 않은 것이라 누구도 그 사실을 믿지 않고 있었다.

다른 중소문파도 아닌 곤륜파다.

구파일방에서도 꽤 강한 전력을 자랑하는 그들이 하루아침에 무너졌다는 소문을 누가 믿겠는가.

웅웅!

천천히 기운을 끌어올리기 시작하는 도현.

사방에 퍼진 기운들이 날카롭게 변하기 시작하자 자리에 선 무인들의 긴장감이 높아지기 시작했다.

"오늘은 무림에 한 가지 선포를 하기 위해 왔음이니 더 이상의 피는 보지 않겠다. 부나방처럼 덤벼드는 자들에겐 예외가 없겠지만."

서서히 기운을 끌어올리던 도현이 일순 폭발적인 힘의 폭발을 시도했다.

몸 전체의 기맥이 열리고 엄청난 양의 내공이! 마기가! 사방으로 퍼져나간다.

쿠오오오!

거대한 마기가 하늘을 뒤덮는다!

"본좌가 이 자리에서 천명하노니 중원 무림은 기억하라! 본좌 천마에 의해 천마신교가 탄생했음을! 진정한 마도(魔道)를 걷는 자들이 속한 천하 마인의 요람이 탄생했음을 기억하라!"

둥실.

천지를 뒤흔드는 그의 말과 함께 도현의 신형이 자연스럽게 허공으로 솟아오른다.

"마도는 결코 무너지지 않는다!"

"크아아악!"

"컥!"

벼락같은 도현의 마지막 말에 간신히 자리에 서 있던 이들이 피를 쏟아내며 쓰러진다.

검 한번 섞지 않은 도현은 오직 몸에서 뿜어져 나오는 기운만으로 이 자리에 모인 수많은 이들을 찍어 누른 것이다.

압도적인 강함.

압도적인 힘.

중원 무림을 절망으로 이끌어 갈 초석이었다.

쿠구구!

어깨에서부터 짓누르는 강렬한 힘에 대항하기 위해 많은 이들이 전력으로 내공을 끌어올렸지만 소용없었다.

천마성이 무너지기 전부터 도현의 내공은 이미 천하에서 비교할 수 있을 자가 없을 정도였다.

그랬던 것이 무황총을 거치며 더욱 정순해졌고, 지금에 이르러선 내공의 양을 측정한다는 것 자체가 무의미한 일이 되어버렸다.

"크헉! 어찌 이런……!"

"마인에게 이런 힘을 주시다니……! 하늘이시여!"

하늘을 원망하는 자들.

패마를 물리쳤다 생각했더니 패마와는 비교도 되지 않을.

그 이름 그대로 천마가 탄생한 것이다.

웅웅.

여전히 도현의 신형은 땅에서 한 치 정도 떨어져 있었는데, 쓰러진 무림인들을 보며 도현은 몸을 돌렸다.

더 이상 이곳에 있어도 볼일이 없을 것 같았다.

'가만…… 그러고 보니 그 자가 보이질 않는군.'

주변을 둘러보니 태랑상단의 인원이 빠져나갈 때 같이 도망친 듯 보였다.

"흠……."

잠시 그가 있던 자리를 보던 도현은 더 이상 신경 쓰지
않기로 하고 몸을 돌리던 그 찰나였다.

우뚝!

갑자기 멈춰선 그의 몸.

"생각…… 났다."

쿠오오오!

도현의 눈이 붉게 물들더니 폭발적인 살기가 사방으로
흘러간다.

이제까지완 비교 할 수 없을 정도로 그 강렬함에 그나마
버티던 자들도 피를 토하며 쓰러지고, 도현의 시선이 천천
히 무한으로 향한다.

"놈! 놓치지 않는다!"

쾅―!

굉음과 함께 도현의 신형이 무한을 향해 날아간다!

天魔飛士 9章.

9 章.

쏴아아아!

쏟아지는 비.

낮임에도 불구하고 마치 밤처럼 어두운 하늘은 아직도 쏟아낼 비가 많이 남은 것인지 쉬지 않고 움직인다.

휘이잉.

불어오는 바람에 창가를 넘어 비가 들이닥치지만 도현은 창문을 닫지 않고 밖을 바라만 본다.

후두둑.

요란한 소리와 함께 비가 안으로 들어오며 옷을 적시고, 얼굴을 적시지만 도현의 눈은 창 밖 서쪽을 향한 채 움직이질 않았다.

그러길 반 시진.

"후…… 결국 놓쳤군."

혀를 차며 창을 닫은 그가 중앙에 놓은 의자에 앉는다.

구룡무관에서 만난 놈을 찾기 위해 백방으로 노력했지만 어디로 사라진 것인지 전혀 보이질 않았다.

철저하게 자신을 감춘 것이다.

그리하여 도현이 지금 있는 곳은 태랑상단의 본단이 있는 개봉이었다.

예로부터 개봉은 수로를 이용하여 크게 발전하였고, 한때는 중원의 패권을 차지하기 위해 일어선 나라들의 수도였을 정도로 크게 발전했었다.

지금도 여전히 수로의 유용성은 뛰어난 편이라 개봉 곳곳에 수많은 상단의 본점들이 자리를 하고 있었고, 남아있는 뛰어난 건축물들도 많아 많은 사람들이 찾는 도시였다.

근래 무한의 빠른 성장으로 인해 개봉의 움직임이 전체적으로 둔해졌지만, 그렇다 하더라도 개봉의 저력은 무시할 수 없었다.

특히 그들이 가지는 지리적 이점은 무시 할 수 없는 가치였다.

하지만 어디까지나 이것은 일반인들에게 통용되는 이야기고 무림인들에게 개봉하면 떠오르는 것은 구파일방의 일방(一幇)인 개방의 총타가 있는 도시였다.

정보력을 쥐고 중원을 뒤 흔들 수 있는 문파는 무림에
두 곳이 있는데, 개방과 하오문이었다.

천하에 널리고 널린 거지들을 이용하여 얻는 개방의 정
보력은 무서울 정도로 방대했고, 정보의 전파 능력은 천하
제일이라 할 수 있었다.

하지만 워낙 많은 정보가 얽히다보니 가끔 정확한 정보
가 전달되지 않을 때도 있다는 것이 약점이지만, 그 약점
을 덮을 수 있을 정도로 개방의 정보력은 신속했다.

반대로 하오문의 경우는 하층민들로 이루어져 수많은
정보가 들어온다. 그 양도 방대하지만 정확성은 이루 말할
수 없을 정도였다.

하오문은 철저하게 점조직으로 운영되며 하오문에 정보
를 넘기는 자들은 어디까지나 간단한 돈을 받고 정보를 넘
기는 것이기 뿐이기에 자신이 하오문 소속이라는 것도 모
를 때가 있었다.

정보력에 있어서 두 문파는 언제나 경쟁관계였다.

물론 무력에 있어선 개방이 월등히 강했기 때문에 하오
문으로선 개방에 대놓고 적대시 할 수 없었다.

당장 그들이 사황성에 붙어 있는 이유도 그들이 살아남
기 위해서였으니까.

도현이 머물고 있는 객잔의 주변으로는 눈에 띌 정도로
많은 거지들이 인근 건물의 처마 밑에 자리 잡고 있었는

데, 모두들 도현을 감시하기 위한 자들이었다.

일단 모습을 드러낸 도현은 더 이상 모습을 감추지 않았다.

그럴 이유도, 필요도 없기 때문이었다.

천마라 불리는 도현이 개봉에 모습을 드러낸 것과 동시 개방 총타는 비상사태에 돌입해 있었다.

비록 구룡무관에선 큰 피해를 입히지 않았지만 그의 손에 곤륜이 무너졌다는 사실은 이미 중원 전역에 널리 퍼져 있는 사실이었다.

단신의 힘으로 곤륜을 무너트렸다는 것은 엄청난 일이었다.

과거 패마에 결코 뒤지지 않는 엄청난 힘을 가진 마인의 등장인 것이다.

아니, 패마도 구파일방을 상대로 단신으로 움직인 적이 없었으니 더 강력한 적의 등장이라 보아야 했다.

게다가 그는 천마신교가 탄생했다고 했다.

천마신교와 천마.

그 이름만 보더라도 누가 왜 만들었는지 알 수 있을 정도라 백도맹과 사황성이 바짝 얼어붙었다.

비상을 걸고 빠르게 움직여도 부족할 판이지만 내부적인 싸움이 심각했던 상황이었기에 제대로 된 움직임을 보이지 못하고 있었다.

'백도맹과 사황성은 내가 예상했던 대로 움직이고 있다. 본교의 등장으로 최소한 갈라서진 않겠지만 내부적인 갈등은 쉽게 봉합되기 어렵겠지. 하지만 그걸로 충분해. 혈교 놈들의 계획을 망치는 것만으로도 큰 성과야. 남은 것은 태랑상단을 어떻게 하느냐는 것인데…….'

이미 천마안의 보고를 통해 혈교와 선을 대고 있는 자가 상단주 이외엔 없다는 것을 알고 있었다.

놈들이 어떤 방법을 사용하는 것인지 알 수 없지만 상단주는 철저하게 그들의 뜻대로 움직이고 있었다. 심지어 혈교에 건네지는 돈들은 상단의 사람들도 잘 모르는 것들이었다.

일반적인 상황에선 쉽게 들통 날 일이었지만 무림대회를 개최하며 태랑상단 전체가 과부하가 걸릴 정도로 움직였기에 가능한 일이었다.

게다가 이번 기회를 놓치지 않기 위해 무리해서 확장을 거듭하는 중이었으니, 새어나가는 돈이 한두 푼이 아니었고 그것을 상단주는 일부러 조장해 혈교로 전달하고 있었다.

돈이 건네지는 경로를 알아내기 위해 천마안에서 부단하게 노력하고 있었지만 쉽지 않은 일이었다.

"저 안에 숨어 있는 것은 확실한데……."

당장이라도 태랑상단에 쳐들어가는 것은 어렵지 않은 일이다.

문제는 무고한 자들이 죽게 된다는 것이었다.

아무것도 모르고 상단주를 보호하기 위해 많은 이들이 나설 것이 분명했고, 도현으로선 상당주를 죽이기 위해 그들을 죽여야 했다.

되도록 무고한 피를 보지 않으려는 도현이었기에 고민하는 것이다.

"압도적인 힘으로 전부 눌러버리는 편이 나을 수도 있겠군."

구룡무관에서 그러했듯 힘으로 모두를 못 움직이게 만든다면 분명 쉬운 일이다.

하지만 그러기 위해선 막대한 힘을 쏟아야 하는데, 어려운 일은 아니지만 아무래도 준비 과정이 거창하다보니 도망칠 염려가 있었다.

쏴아아아······.

쏟아지는 빗소리.

눈을 감고 조용히 빗소리를 듣고 있던 도현이 자리에서 일어섰다.

"가자."

모든 고민을 접은 도현.

어차피 부딪쳐야 할 일이라면 그냥 해버리면 될 일이다.

지금 자신은 천마신교를 이끌어가는 입장이었고, 지존의 자리에 오른 자는 언제나 당당해야한다.

힘이 있는 자이기에 그 힘을 어떻게 상용해야 할 지 고민해야 하지만 일단 움직이기로 했다면 거침없이 움직여야 한다.

그것이.

마도(魔道)다.

투명한 병에 담긴 인간의 심장.

당장이라도 세차게 뛸 것 같은 심장을 책상 위에 올린 채 감상을 하는 혈마의 표정은 무척이나 만족스러웠다.

비록 자신의 손이 아닌 제자의 손에 죽었지만 그것이 어떻단 말인가? 놈은 이미 죽었고 심장은 자신의 손에 들어왔음이니.

혈마가 혈교를 이끌며 오랜 세월 가공할 힘을 쌓아놓고도 제대로 움직이지 못했던 것은 패마 때문이었다.

혈마로서도 이길 수 있을 것인지 확신 할 수 없는 강자.

그렇기에 수많은 계획을 세워 중원을 집어 삼키기 전까지 세심하게 움직였다.

와중에 놈의 제자 때문에 많은 계획이 뒤틀렸지만 이제와선 아무래도 상관없다고 생각했다.

"후후후, 네놈의 심장을 보니 이리도 반갑구나."

살기를 흘리며 혈마는 웃는다.

놈의 죽음 모습을 보지 못했음이 안타깝지만 제자의 손에서 뺏은 이 심장이 모든 것을 보상해준다.

"녀석이 혈마공 8성에 올랐다면 결코 이것을 내어주지 않았겠지."

제자인 허독량을 떠올리며 비릿하게 웃는 혈마.

놈이 음흉스러워 자신의 경지를 숨기고 있지만 그 정도는 보는 것만으로도 금방 알아낼 수 있었던 혈마다.

그리고 이번 일로 확신할 수 있었다.

녀석이 아직 8성의 경지에 이르지 못했다는 것을.

"경지가 높은 마인의 심장에는 응축된 마기가 쌓이지. 그것도 순수하고 순수한 마기가."

그랬다.

혈마가 노린 것은 패마의 심장에 남아 있을 강력한 마기였다.

패마 정도의 강자라면 심장에 남긴 마기가 엄청날 것이고 그것을 효과적으로 흡수 할 수만 있다면 지금의 경지를 훌쩍 뛰어넘을 수 있을 것이 분명했다.

"누구있느냐!"

"하명하십시오."

혈마의 부름에 방 밖에서 사내의 목소리가 들려온다.

"이 시간부로 본좌는 폐관수련에 들어갈 것이다!"

"존명!"

혈마가 폐관에 들어간다 하더라도 이미 벌어지고 있는 계획들은 혈뇌의 지휘 아래 완벽하게 돌아갈 것이고, 중간 중간 돌발적으로 일어나는 일에 대해서도 혈뇌에게 충분한 권한을 주었으니 큰 문제는 없을 터였다.

두근두근-

당장이라도 눈앞의 심장을 씹어 먹자는 듯 온 몸에 흥분감이 넘치고 심장이 두근거린다.

"흐흐흐."

혈마는 웃음으로 몸을 진정시키며 심장이 든 병을 가지고 집무실의 벽 한 곳을 쓰다듬는다.

쿠쿠쿠.

작은 소음과 함께 벽이 열리더니 밑으로 내려가는 길이 모습을 드러낸다.

하나 둘 발걸음을 옮기며 한 참을 걷자 마침내 거대한 철문이 모습을 드러내고 익숙한 듯 안으로 들어가는 혈마.

부글부글-!

안으로 들어가자마자 코를 찌르는 강렬한 피 냄새.

입구의 좌우에 마련된 거대한 화로에서 연신 뜨거운 피가 끓어오르고 있었지만 익숙한 듯 혈마는 천천히 발걸음을 옮겨 폐관실의 가장 중앙에 위치한 연무장에 자리를 잡고 앉는다.

그러고 보니 연무장을 중심으로 사면에 화로가 자리를 잡고 끊임없이 뜨겁게 피를 끓이고 있었고, 천장에 매달린 작은 호수에서 연신 피가 조금씩 떨어져 내리고 있었다.

끓으면서 사라지는 피를 보충이라도 하려는 듯.

한눈에 봐도 수십 명 분의 피는 되어 보인다.

게다가 계속해서 피가 떨어져 내린다는 이야기는 지금 이 순간에도 저 피를 얻기 위해 사람을 죽이고 있다는 소리였다.

똑— 똑!

떨어지는 핏방울 소리를 들으며 자리를 잡은 그는 병의 윗부분을 수도(手刀)로 가볍게 날린다.

서컥! 쨍강.

좌악.

심장을 보존하기 위한 액체가 흘러내리고 혈마는 심장을 꺼내 손에 쥐었다.

아직도 심장 특유의 탱탱함이 살아있는 듯한.

당장이라도 사람 몸에 달리면 뛸 수 있을 것 같은 기운이 전달되는 듯하나.

"흐흐흐……! 패마여, 그대가 죽어 내게 큰 도움을 남기니 고맙기 그지없구나. 내 그 보답으로 날뛰고 있는 네 제자의 목을 꺾어 주마."

으적!

말이 끝나기 무섭게 심장을 입으로 가져가 씹어 삼키는 혈마!

으적, 으적!

누군가 이 장면을 보고 있었다면 당장 고개를 돌리고 크게 토했을 지도 모르지만 혈마는 아무렇지 않은 듯 심장의 작은 조각까지도 전부 씹어 삼킨다.

천천히 소화가 잘 될 수 있도록.

최대한 잘게 씹어 삼키는 그.

심장에 남아 있던 피가 흐르지만 그마저도 혈마는 맛있는 듯 흘리지 않고 모조리 먹었다.

우우우!

가볍게 떨리기 시작하는 폐관수련실.

어느새 혈마의 몸에서 혈무(血霧)가 흘러나오기 시작했고 금세 수련실 전체를 빼곡하게 들어찬다.

"크하하하! 힘이 넘치는 구나!"

혈마의 광소가 터져 나오고 얼마 되지 않아 그는 눈을 감고 운기에 집중한다.

요사스런 혈무가 더욱 짙어진다.

뜨끔.

길을 걷던 도중 갑자기 가슴이 아파오자 도현은 발걸음을 멈추고 몸을 관조한다.

하지만 어디에도 이상이 없다.

아프던 가슴도 언제 아팠냐는 듯 이미 본래대로 돌아간 뒤다.

쏴아아아…….

장대비가 내리는 개봉의 거리.

넓은 대로에 사람이라곤 도현뿐이다.

워낙 비가 많이 내리다 보니 장사치들도 가게를 여는 것을 포기했고, 사람들 역시 집 밖으로 나가는 것을 꺼렸다.

아무리 우의로 몸을 잘 감싸도 결국 이런 날에는 흠뻑 젖을 수밖에 없는 것이다.

쏟아지는 비에 옷이 젖을 만 하건만 자연스럽게 일어난 마기들은 철저하게 도현의 몸 주변을 맴돌며 비에 젖는 것을 보호한다.

"착…… 각인가?"

고개를 흔들며 다시 발걸음을 옮기는 도현.

비가 많이 오기에 진흙이 가득 묻어야 할 신발은 신기할 정도로 깨끗했는데, 자세히 보니 그가 지나간 자리엔 발자국 조차 남지 않는다.

이유는 간단했다.

그가 발을 딛는 지점에 마기들이 자연스럽게 몰려들며 그의 발이 땅에 닿지 않도록 하고 있기 때문이었다.

남들의 눈에는 내공의 소모가 극심해 보이는 짓이지만 도현에겐 아주 자연스러운 일일 뿐이었다.

너무나 태연한 모습에 골목마다 숨어서 도현의 모습을 지켜보고 있는 개방도들의 얼굴이 창백해질 정도였다.

도현의 발걸음이 태랑상단에 가까워질수록 거지들의 숫자는 줄어들었지만, 대신 그들의 허리에 묶인 매듭의 숫자는 점차 많아지고 있었다.

개방의 거지들은 허리춤의 매듭 개수로 서열을 나타내는데 지금 도현을 감시하는 자들은 하나 같이 사결이상의 고수들로 이루어져 있었다.

휘잉!

불어오는 바람이 거칠게 거리의 닫힌 문들을 흔들자 빗소리를 뚫고 갖은 소리들이 다 들려온다.

삐걱대는 소리, 문이 부딪치는 소리. 때론 바람에 문이 열려 가게 내부의 장식들이 떨어지는 소리까지.

그런 소리를 들으며 천천히 움직인 끝에 태랑상단의 정문에 도착 할 수 있었다.

거대하면서도 화려한 정문의 위에 걸린 태랑상단의 현판이 눈에 들어온다.

이미 개방에 의해 소식이 알려진 것인지 평소라면 정문을 지키고 있는 이들이 있어야 하겠지만 오늘은 없었다.

비가 오나 눈이 오나 열려있던 거대한 정문도 빈틈없이 닫힌 상태.

그 모습을 바라보던 도현이 발걸음을 옮기려는 순간 그의 앞으로 늙은 거지가 나타나며 길을 막는다.

"클클클, 잠시 멈추시게나."

웃음과 함께 모습을 드러낸 늙은 거지는 몇 번을 꿰맨 것인지 알 수 없을 정도로 낡은 옷과 제대로 씻지 않는 것인지 더러운 모습이었다.

오죽하면 내리는 비가 그의 몸에 닿는 즉시 검은 물이 되어 흘러내리겠는가.

비가 오지 않으면 씻지 않는다는 개방의 거지답다면 답다.

하지만 정작 도현의 눈에 들어오는 것은 그의 허리춤에 묶인 매듭의 개수였다.

"칠결…… 개방의 장로인가?"

"클클, 타작구식(打作狗食) 원홍종이라 한다네."

"강룡장(降龍掌)?"

"그렇게도 부르긴 하네만 난 타작구식이 더 좋다네."

웃으며 말하는 노인.

스스로 타작구식이라 부르지만 실상 무림에선 강룡장으로 불리는 인물로 개방의 절기인 강룡십팔장을 방주보다 월등히 더 잘 펼쳐낸다고 알려져 있었다.

그의 일수에 쓰러져간 악인들이 한 두 사람이 아닐 정도로 거지임에도 불구하고 많은 이들에게 존경을 받는 인물이다.

평소라면 총타가 아닌 중원 전역을 돌아다닐 테지만 우연히 그가 총타에 돌아왔을 때 일이 터졌기에 그가 나선 것이다.

현재 총타에는 방주는 물론이고 후개까지 자리를 비운 상태라 장로들 중 가장 서열이 높은 그가 나선 것이다.

"천마 그대가 무엇을 원하는 것인지 알 수 없으나 이곳엔 무림인은 상단을 지키는 자들 밖에 없네. 자네 같은 강자가 호기심을 가질만한 상대가 없다는 것이네."

"돌려 말하는군."

"클클, 본론을 말하자면 그냥 자네의 목적을 알고 싶네. 자네 같은 강자가 이유 없이 이곳을 칠 것 같지는 않으니, 이미 상단주와 이야기를 해놓았으니 원하는 것이 있다면 그것이 무엇이든 내주겠네."

평안하게 이야기를 하는 듯하지만 지금 강룡장의 등 뒤로는 식은땀이 가득 흐르고 있었다.

빗물에 쓸려나가며 구분이 되진 않았지만.

개방은 이미 곤륜과 구룡무관에서 벌어진 일에 대해 완벽하게 파악을 해놓은 상태였다.

그 결과 자신들로선 결코 천마의 상대가 될 수 없음도 깨달았다.

곤륜은 구파일방 중에서 소림, 무당, 화산 다음으로 강력한 힘을 갖추고 있던 문파였다.

근래 그 세가 커지며 화산을 위협할 정도였는데 그런 곤륜을 단신으로 완전히 무너트렸을 정도니 거지들인 자신들로선 결코 막을 수 없는 것이다.

판단을 내림과 동시 방주와 후개 그리고 몇몇 제자들이 남몰래 개봉을 떠났고, 그 뒤를 강룡장이 맡은 것이다.

천마가 어떻게 움직일지 모르기 때문이었는데 그가 태랑상단으로 향하자 곧장 상단주를 만나 일의 협상을 끝낸 뒤였다.

당연한 일이었다.

막을 수 없는 존재라면 괜한 피해를 입기 전에 미리 문제가 되는 물건을 내주면 될 일이다.

특히 상단으로선 당연한 판단이었기에 개방의 제의를 선뜻 받아들였다. 어떠한 것을 원하든 간에 그것 때문에 입은 피해는 지금 상단의 힘이라면 금방 복구 할 수 있을 터였다.

'머리를 제법 굴렸군.'

도현은 눈을 빛내며 눈앞의 노인을 바라본다.

과거 사부인 패마가 무림에서 조심해야 하는 세력 중 하나로 개방을 세 손가락 안에 꼽았는데, 그럴만한 이유가 다 있었다.

살아남기 위해 그들은 개방의 정의가 무너지지 않는 이상 무엇이든 할 수 있는 자들이었다.

아니 정의를 위해서라면 상대가 누구든 손을 잡을 수 있는 자들이었다. 도현의 입장에서 본다면 여간 까다로운 것이 아니었다.

하지만 곧 도현은 그들의 제안을 받아들였다.

처음부터 상단 안의 모든 사람을 죽이려는 생각도 뜻도 없었기에 이런 식으로 개방이 나서서 움직여 준다면 더 편한 일이었다.

"내가 원하는 것은……."

도현의 입이 열리고 강룡장의 입술이 바짝 마른다.

"태랑상단주다. 그만 내놓는다면 태랑상단과 개봉에는 아무런 일도 없을 것이다."

강룡장의 얼굴이 창백해진다.

태랑상단 전체에 긴장감이 가득 흐른다.

평소에도 밤이 낮처럼 보일 정도로 가득 불을 밝혀놓는 태랑상단이지만 오늘은 평소보다 더 많은 불을 동원하고 있었다.

그럼에도 불구하고 쏟아지는 비 때문에 여전히 어두웠지만 정문을 열면 펼쳐지는 넓은 마당에 늘어선 이들의 표정엔 변함이 없다.

상단의 호위들이 이곳으로 향하고 있는 한 사람을 제지하기 위해 모조리 동원된 것이다.

이미 상단 내의 일반인들에겐 대피 명령이 떨어진 상태였고, 이 넓은 본단에 남아 있는 사람이라곤 호위들과 상단주 그리고 몇몇 당주들뿐이었다.

침묵이 가득한 회의장.

평소라면 분주하게 사람들이 오가며 회의가 열릴 터였지만 오늘 만큼은 달랐다.

상단주 왕도군을 비롯하여 당주들 몇 사람만이 회의실에 자리한 것이다.

이들이야 말로 태랑상단을 이끌어가는 핵심인력들이었다.

끼익-!

침묵을 깨고 문이 열리며 강룡장이 회의실에 들어서자 다들 분주히 일어섰다.

비를 맞은 탓에 검은 물이 줄줄 흐르며 바닥을 더럽히지만 누구도 거기에는 신경 쓰지 않았다.

"그, 그가 바라는 것이 무엇입니까?"

왕도군이 떨리는 목소리로 묻자 강룡장은 한숨을 내쉬며 천천히 대답했다.

"그가 원하는 것은 돈도 보물도 아니었소. 오직 원하는 것은 하나. 상단주 그대 뿐이라오."

"허억!"

깜짝 놀라는 사람들.

상단주를 내놓으라는 소리는 곧 상단 전체를 내놓으라는 소리와 마찬가지였기에 모두의 얼굴이 창백해진다.

십대상단으로 분류되는 태랑상단이지만 곤륜을 단신의 힘으로 무너트린 천마를 상대할 순 없었다.

이란격석(以卵擊石).

그보다 더 심한 상황인 것이다.

그때 강룡장이 한 마디 덧붙인다.

"그가 원하는 것은 오직 상단주일 뿐 태랑상단은 아니라 하였소이다. 상단주만 필요하다 했소."

말이 끝나기 무섭게 눈을 반짝이는 당주들.

천마가 상단 전체를 원했다면 필사적으로 싸워야 했겠지만, 그것이 아닌 한 사람만을 원한다면 이야기가 틀려진다.

오랜 세월 충성을 받쳐온 상대이지만 자신들의 목숨이 달린 일인데다 평생을 받쳐 만들어온 상단이 걸린 일인지라 다들 살길을 찾는 것이다.

게다가 상단주에겐 장성한 아들이 있었으니, 그를 새로운 상단주로 추대한다면 아무런 문제가 없을 터였다.

그렇지 않아도 상단 내에서 크게 두각을 드러내는 중이었으니 당주인 자신들의 도움이 있다면 상단을 운영하는 데에 큰 문제는 없을 터였다.

당주들의 그런 시선을 빠르게 읽은 왕도군은 이를 악물었다.

으득!

입안이 터져나가며 피가 흐르지만 그는 피를 꿀꺽 삼켰다.

오랜 시간 상인으로서 살아온 그이기에 무엇이 옳고, 어떤 것이 상단에 도움이 되는 것인지 잘 알고 있었다.

자신의 목숨 하나를 희생하여 수많은 이들을 살릴 수 있는 것이다.

게다가 한참 발전하는 상단이니 자신의 아들이 이 자리에 있는 당주들에게 조금 밀리더라도 금방 기회를 잡을 수 있을 터였다. 결코 아들을 약하게 키우지 않았으니.

고민은 길었지만 결정은 금방이었다.

자리에서 일어서는 왕도군.

"갑시다. 왜 나를 원하는 것인지 그를 만나보겠소!"

"……."

강룡장이 안타까운 얼굴로 고개를 끄덕인다.

어떻게든 천마를 설득하려 했지만 천마는 요지부동이었다. 오히려 강대한 기운을 풀어내며 인근에 있는 개방 제자들을 압박하는 통에 어쩔 수 없이 그가 직접 움직여야 했다.

아주 잠시간 기운을 풀어내었음에도 개방은 천마에게 제대로 대적을 할 수 없었다.

오히려 힘의 차이만을 지독하게 느껴야 했다.

"허허, 미안하게 되었소. 본방의 힘이 약하여…… 도움이 되질 못했소이다."

"괜찮습니다. 이렇게 도움을 주신 것만으로도 충분히 감사한 일입니다."

"아들에겐 인사를 하지 않아도 되겠소?"

그의 물음에 왕도군은 잠시 멈칫 거렸지만 곧 고개를 끄덕였다.

"이미 그가 이곳으로 향할 때부터 만약을 대비하여 모든 권한을 넘기고 충분한 이야기를 했습니다. 게다가 이미 이곳을 빠져나갔을 터이니 만날 수도 없습니다."

"허허허."

허탈하게 웃으며 밖으로 나서는 강룡장.

쏟아지는 비가 옷을 가득 적시지만 두 사람은 말없이 밖으로 향한다.

정문 뒤에서 대기하고 있던 호위무사들은 상단주의 등

장과 함께 일이 어떻게 된 것인지를 알아차리고 길을 터주기 시작했다.

호위로서 치욕적인 일이었지만…….

방금 전 밖에서 느껴진 강대한 기운을 그들을 감당할 자신이 없었다.

스스로 합리화를 시키며 상단주가 가는 길을 비켜서는 방법 밖에는.

끼이이-!

쿵!

거대한 정문이 날카로운 소음을 내며 크게 열렸고.

문 밖에서 말없이 자리에 서 있는 천마가 왕도군의 눈에 들어온다.

태랑상단의 문이 열리며 두 사람이 밖으로 걸어 나온다.

강룡장과 태랑상단주 왕도군이다.

금세 다가와 자신의 일장 앞에 멈춰서는 두 사람.

"그대가 태랑상단주인가?"

"그렇습니다. 제가 태랑상단을 이끌고 있는 왕도군이라 합니다. 왜 절 보자 하셨는지 모르겠으나 전…… 컥!"

"처, 천마!"

순식간에 목을 붙들린 채 허공에 매달리는 왕도군을 보며 깜짝 놀라 물러서는 강룡장.

아무리 가깝다하지만 접근하는 것을 조금도 눈치 채지 못한 것이다. 그것도 지켜보고 있었음에도 불구하고!

우득!

당장이라도 목을 꺾을 듯한 강렬한 고통과 도저히 쉬어지지 않는 숨.

살기위해 본능적으로 발버둥쳐보지만 변하는 것은 없다.

도현 역시 혈교와 연결고리인 이 자를 이곳에서 죽일 생각은 없었다.

가볍게 그를 제압해 데려갈 생각이었는데, 그때였다.

꿈틀!

왕도군의 몸속을 휘젓던 도현의 마기가 그의 머릿속에서 이상한 점을 찾아냈다.

머리 깊은 곳.

엄지만한 무엇인가가 자리를 잡고 있었다.

"그렇군."

털썩!

손을 풀어주자 기침을 하며 진흙탕을 구르는 그.

연신 기침을 토해내는 그를 두고 도현은 강룡장을 쳐다보며 말했다.

"막을 텐가?"

"그대를 막을 힘이 분하지만 본 방에는 존재치 않소."

"흠…… 그렇다면 지금 이곳으로 몰려들고 있는 인원은 그대들과 관련이 없다는 것인가?"

"그게 무슨?"

갑작스런 이야기에 놀란 듯 하던 그는 곧 수하에게서 날아든 급한 전음에 얼굴을 굳힌다.

- 장로님! 현재 개봉 인근의 문파들이 연합하여 이곳으로 오고 있다고 합니다.

- 정보를 차단하지 않았나!

- 죄송합니다. 하오문에서 흘러나온 것 같습니다!

수하의 보고에 이를 악무는 그.

개방에서 판단한 천마의 힘은 개인으로서 어찌 할 수 없을 정도로 막강한 것이었다.

그렇기에 죽을지도 모르고 달려드는 무림인이 없도록 정보를 차단하고 있었는데, 자신들이 천마에만 신경 쓰는 동안 하오문을 통해 소문이 흘러가버린 것이다.

총타가 있는 개봉이기에 안심하고 있었던 것이 잘못이었다.

"다른 쪽에서 정보가 새어나간 듯 합니다. 아무래도 저희의 만남은 이곳에서 정리를 하는 것이 나을 듯 싶습니다."

정중히 고개를 숙이는 그를 보며 도현은 고개를 끄덕였다.

암묵적인 허락을 받은 강룡장은 즉시 수하들을 지휘하여 자리를 벗어났다.

어차피 눈앞의 천마는 막을 수 없는 존재이니 괜한 피해를 입기 전에 몸을 빼는 것이 상책인 것이다.

이로 인해 약간의 지탄은 받겠지만 무고한 제자들이 죽임을 당하는 것보다는 훨씬 더 나은 선택임을 그는 잘 알고 있었다.

이미 이것에 대해선 방주의 허가를 받아놓은 상태였기에 큰 문제도 없었고.

사방에서 조용히 철수하는 개방의 거지들을 보고 있던 도현이 이제 호흡을 가다듬은 듯 자리에서 일어서려는 왕도군을 향해 손가락을 튕겼다.

푸푸푹!

연속적으로 발출된 지풍이 왕도군의 혈을 짚으며 완벽하게 제압을 한다.

귀찮은 일을 막기 위해 아예 수혈까지 짚어버렸다.

"그렇지……."

뭔가가 떠오른 듯 도현은 허공섭물의 수법을 응용하여 그를 허공으로 띄우곤 마기로 철저하게 그를 둘러싸버린다.

왕도군의 머리 안에 고독이 자리 잡고 있음을 파악한 도현이기에 만약의 사태를 막기 위해 아예 외부와의 접촉을 차단해 버린 것이다.

고독 중에는 인간을 조종할 수 있는 종류의 것도 있다는 것을 알고 있기에 조치한 것이다.

그러는 사이 수많은 인기척들이 빠른 속도로 달려오더니 도현을 중심으로 커다란 원을 그리며 포위한다.

멀리까지 많은 기운이 느껴지는 것이……

"천라지망(天羅地網)인가."

기감을 퍼트리자 개봉 전체에 빼곡하게 무인들이 들어섰을 뿐만 아니라 개봉 밖에서도 제법 사람이 있는 것이 자신을 잡기 위해서 천라지망을 펼친 것 같았다.

"하지만…… 천라지망도 잡을 수 있는 상대를 보고 쳐야지. 쯧쯧. 호랑이를 잡는데 거미가 그물을 짠다고 해서 잡혀드는가."

혀를 차는 도현의 신형이 천천히 움직이기 시작했다.

그날 개봉이 피로 물들었다.

天魔飛土 10章.

10章.

빙설하의 하루는 매일 반복되고 있었다.

눈을 뜨면 자신에게 배치된 시비들의 도움으로 옷을 갈아입고 아침을 먹는다.

그 뒤 밖으로 나가 공사가 한창인 십만대산을 돌아다니며 마음 것 뛰어논다. 만약의 안전을 위해 우혁들 중 하나가 항시 멀리서 그녀를 지켜보고 있었기에 안전과 관련해선 큰 문제가 없었다.

그렇게 한참을 뛰어 놀다가 점심때가 되면 다시 돌아와 점심을 한 가득 먹은 뒤 시비의 안내로 마선의에게 간다.

마선의에게 가면 항상 커다란 침을 맞기 때문에 빙설하는 그에게 가는 것을 싫어했지만 도현의 신신당부가 있었기에 어쩔 수 없이 매일 가고 있었다.

하지만 마선의로서도 결코 빼놓을 수 없는 중요한 일과였다.

그녀의 상처를 돌보고 변화를 꾸준히 살핀다.

설하처럼 기억을 잃고 퇴화되었음에도 불구하고 무공을 본능적으로 발휘하는 경우는 무척이나 드물기 때문이었다.

오늘 역시 머리에 놓은 커다란 침을 빼자 아픈 듯 눈물까지 글썽대지만 움직이진 않는다.

"좋아. 오늘은 이걸로 끝! 수고했다."

웃으며 그녀의 머리를 쓰다듬자 방금 전까지 언제 눈물을 글썽거렸다는 듯 반짝이는 눈으로 자신을 바라보는 그녀에게 마선의는 피식 웃으며 주머니에서 당과를 꺼내들었다.

"와아!"

신나하며 당과를 받아들자 마자 입으로 넣는 그녀.

십만대산에 자리를 잡은 천마신교에는 아직 부족한 것이 많았다. 당장은 건물을 짓는 재료를 나르는 것만으로도 힘이 부친 지경이었기에 어쩔 수 없는 일이었다.

그러다 보니 빙설하가 좋아하는 당과와 같은 먹거리들이 언제든 부족했다.

침을 맞는 것을 싫어하면서도 용케 매일 이곳에 오는 이유도 마선의가 치료가 끝나고 나면 주는 당과 때문이라 할 수도 있었다.

그렇지 않았다면 도현의 이야기가 있었더라도 벌써 도망가고 남았을 테다.

"옹…… 근데 오빠는 언제와?"

심심한 듯 물어오는 그녀에게 마선의는 잠시 고민하다 이야기했다.

"조만간 돌아오신다고 하시더구나. 설하는 교주님이 좋은 모양이구나?"

"응!"

한 치의 망설임도 없이 활짝 웃으며 고개를 끄덕이는 그녀를 보며 마선의 역시 웃지 않을 수 없었다.

비록 정신 연령은 어리지만 그녀의 몸은 이미 성숙한 여인의 것이다.

얼굴, 몸매, 실력 어딜 봐도 도현에게 아깝지 않은 여인이었다. 문제가 있다면 정신 연령이 어리다는 것과…….

'혈교의 아이라는 것이 문제겠지.'

설하와 매일매일을 함께하다 보니 그도 모르게 그녀에게 정이 들어버린 마선의였다.

제자인 단리한이 있지만 그에겐 가족이 없었다.

그런데 빙설하는 함께하다보니 마치 손녀처럼 느껴졌다. 단리한은 똑똑하긴 하지만 가족보다는 제자라는 느낌이 가까운데 빙설하는 가족처럼 느껴진다.

스스로 생각해도 신기할 정도로 말이다.

그렇다고 해서 단리한을 멀리하는 것은 아니었다. 방금 전까지만 하더라도 둘은 스승과 제자로서 이야기를 주고 받던 중이었으니까.

'정이 깊이 들어도 문제로군.'

그가 지금까지 설하를 관찰하고 연구한 결과 지금의 모습은 일시적인 것이라 확신 할 수 있었다.

언제까지 이것이 이어질 것인지 알 수 없지만 분명한 것은 언제고 그녀는 본래 있어야 할 곳으로 돌아가야 한다는 것이었다.

'과연 그때가 되면 교주님께선 이 아이를 놓아주실 수 있을 것인지 모르겠군.'

슥슥-

설하의 머리를 쓰다듬는 그.

갑작스레 머리를 쓰다듬는 마선의의 얼굴을 보며 고개를 갸웃거리던 설하는 곧 자리에서 일어나 밖으로 뛰어나간다.

"내일 봐!"

"그래."

반말을 하는 것은 여전하지만 그녀의 그런 행동을 싫어하는 사람은 없었다.

"아…… 한 사람 있군."

예미영이었다.

도현의 사랑을 차지하기 위해 고군분투하고 있는 그녀로선 도현의 관심을 한 몸에 받고 있다고 해도 과언이 아닌 빙설하를 눈엣 가시로 생각하고 있었다.

그녀라고 해서 설하의 사정을 모르는 것은 아니지만 어쩌겠는가?

사랑의 연적이라는 것은 그러한 것이니.

"언니 놀자!"

허락도 없이 방문을 박차고 들어와 소리치는 빙설하의 목소리를 들으며 예미영은 얼굴을 찡그린다.

그녀 역시 천마신교의 공사들로 인해 바쁜 일정을 보내고 있는 와중에 매일 같이 자신을 찾아와 놀아 달라 졸라대는 그녀가 예쁘게 보일 수 없었다.

애초에 그녀와 자신은 도현을 사이에 둔 연적이 아니던가!

물론 그런 생각을 가진 것이 자신 혼자뿐이라는 것이 문제긴 하지만.

지끈지끈.

자신의 옆에 와서 계속해서 놀아 달라 조르는 통에 머리가 다 아플 지경이다.

"날아줘! 놀아줘어! 언니, 응? 소진 언니는 잘 놀아줬단 말이야!"

빠직!

순간 그녀의 입에서 튀어나온 소진이란 이름에 그녀의 눈에서 불꽃이 튄다.

"오호호호! 그래! 이 언니가 놀아주마!"

"와아아아!"

어린 아이처럼 좋아서 양팔을 들고 뛰어다니는 그녀를 보며 예미영은 손으로 이마를 짚었다.

"하아…… 또……."

매일 같은 반복이었다.

소진이란 이름만 나오면 자신도 모르게 불이 붙어서 그녀와 어울리는 것이 말이다.

미영이 판단하기로 지금 도현의 곁에 있는 여인은 모두 세 명.

자신과 눈앞의 설하. 그리고 검각의 소진.

세 사람 중 가장 뒤쳐져 있는 것은 다른 누구도 아닌 바로 자신이었다.

반대로 가장 도현에게 가까이 있는 사람은 소진이라 판단되었다. 그러다보니 자연스럽게 그녀의 이름만 들려도 신경이 쓰이는 것이다.

설하와 놀아주는 것도 그랬다.

소진과 자연스럽게 비교 대상이 되는 것이 싫다보니 자신도 모르게 반응을 하는 것이다.

"하아……!"

긴 한숨을 내쉬며 설하의 손에 이끌려 밖으로 나서는 그녀.

그 모습을 지켜보고 있던 시비들이 작게 웃음을 터트린다.

두 사람의 모습이 꼭 자매와 같았기 때문이었다.

그녀들의 눈에 자신들의 모습이 어떻게 보이는 지 잘 알기 때문에 미영은 그녀들을 탓하지 않았다.

과거 천마성이었다면 불호령을 내렸을 지도 모르나, 지금 이곳은 천마신교다.

신교에서 일하는 모든 이들은 천마신교의 일원이기에 일하고 있는 영역이 서로 다를 뿐 충분히 존중해 주어야 한다고 도현은 신교의 모든 이들을 앞에 두고 이야기 한 적이 있었다.

이를 이해하지 못하는 사람들도 많았지만 대부분 사람들은 금방 적응 할 수 있었다.

특히 가족들을 신교로 데리고 온 사람들은 더욱 적응이 빨랐다.

당연한 일이었다.

일하고 있는 모두가 그들의 가족이라 생각하면 되는 일

이었으니까.

'그러고 보니 근래 결혼을 약속하는 이들이 늘었다고 했지.'

신교로 불려 들어온 가족들 중에는 혼약을 하지 않은 여인들도 제법 많다보니 여인과의 만남을 가지지 못하고 있던 이들이 대거 나서면서 미래를 약속하는 이들이 늘어나고 있었다.

특히 그녀들은 마인에 대한 거부감이 없기에 딱히 숨기지 않아도 된다는 점은 큰 매력이었다.

이런 추세는 계속해서 이어지고 있었기에 근시일 안에 십만대산에 신생아들의 울음소리가 퍼질 것이라 예측하는 이들도 크게 늘어나 있었다.

"하아……!"

긴 한숨을 내쉬는 예미영.

도현의 눈에 들기 위해 노력을 하고 있어도 부족할 판국에 신교의 일에 매달리며 설하와 놀아주는 것이 주 임무였으니 답답하지 않을 리 없었다.

"차라리 따라 갔어야 하는 것인데……."

이제 와 후회해 보지만 이미 늦은 일이기에 고개를 흔들며 설하가 가자는 곳으로 움직인다.

이러니저러니 해도 설하에게 단호하게 대하지 않는 것이 그녀도 설하가 마음에 들었기 때문이리라.

우웅―

"이거 신기한데……."

왕도군의 머리에 내공을 불어 넣으며 머리 속에 자리
를 잡은 고독의 반응을 살피던 도현의 입가에 미소가 진
다.

악의가 남긴 것들 중에는 고독에 대한 것도 있었는데,
상당히 방대한 양이었음에도 불구하고 지금 같은 반응을
보이는 것에 대한 기록은 없었다.

어느 정도 비슷한 종류의 것들이 머리 속을 스쳐지나가
지만 금세 지운다.

"새로운 종류의 것이라…… 혈교에서 만든 종류의 것인
가? 어떤 방식으로 움직이는 것이지? 암수를 조종하는 것
인가…… 아니면 미리 명령을 내려놓는 놈인 건가?"

신기한 반응을 보이는 고독에 무척이나 흥미를 내보이
는 도현.

고독의 종류는 무척이나 많지만 기본적으로 무림에서
쓰이는 것들은 크게 두 가지로 나눌 수 있었다.

암수를 한 쌍으로 하여 고독에 중독된 자를 부리는 것과
미리 고독에 세뇌를 걸어놓고 중독된 이가 절대적으로 따
르게 만드는 것.

비슷해 보이지만 전자가 훨씬 더 만들기도, 다루기도 까다로운 놈들이었다.

하지만 암수 한 쌍만 있으면 얼마든지 자신의 뜻대로 부릴 수 있기 때문에 큰 효용성을 가진 놈이었다.

반대로 후자의 경우는 미리 고독에 작업을 걸어놓은 세뇌에 따르게 되지만 명령권을 쥔 자에게 절대 충성을 한다는 장점이 있었다.

굳이 죽일 필요가 없다면 후자의 방식이 월등히 편리하기 때문에 주로 고독을 사용하는 놈들도 이 방식을 선호하는 편이었다.

결정적으로 다루기도 쉽고 그리 민감하지 않기 때문에 키우기 쉽다는 장점이 있기 때문이다.

"흐흠…… 이 놈은 암수가 한 쌍으로 움직이는 놈이구나."

고독을 살피던 도현은 뭔가를 알아낸 듯 만족스런 얼굴로 고개를 끄덕이며 왕도군의 머리에서 손을 뗀다.

여전히 점혈 된 상태인 그는 축 늘어진 채로 도현이 원하는 대로만 움직이고 있었다.

그가 자신의 의지로 움직일 수 있을 때는 식사 할 때와 볼일을 볼 때뿐이었다. 그마저도 철저한 감시를 당하기에 도망칠 수도 없었고, 무슨 짓을 한 것인지 혀를 깨물 수도 없었다.

철저하게 퇴로가 막힌 것이다.

왕도군의 생각이 어쨌든 간에 도현으로선 그를 쉽게 놓아 줄 수 없었다.

혈교의 흔적을 찾아 낼 수 있는 단서를 가지고 있을 뿐만 아니라 머릿속의 고독은 그의 흥미를 크게 끌고 있었다.

우웅-

손을 가볍게 휘두르자 왕도군의 몸 전체에 검은 마기가 자리를 잡더니 곧 넓은 막을 이루며 그의 몸을 보호한다.

"신기하단 말이지…… 지속적인 신호를 내보내며 자신의 위치를 알린다는 것이."

그 말과 함께 천천히 자리에서 일어서는 도현.

지금 도현이 있는 곳은 사천으로 들어가는 경계였는데 개봉에서 한바탕 싸움을 벌인 이후 왕도군 때문인지는 몰라도 몇 차례의 싸움을 벌여야 했다.

그의 머릿속에 든 고독을 살피기 위해 풀어 주고 며칠 지나지 않아 적들이 찾아왔으니 거의 확실하다 해도 될 것 같았다.

바로 지금처럼 말이다.

"천하의 악적 천마를 벌하라!"

"와아아아!"

함성을 내지르며 모습을 드러내는 사람들.

휘날리는 깃발이 여러 개인 것으로 보아 인근의 문파들이 연합하여 이곳까지 온 것 같았다.

"죽음을 재촉하는 자들이 많군. 많아."

쓰게 웃는 도현의 팔에 어느새 검은 마기가 가득 모여들고 있었다.

콰아앙-!

굉음과 함께 비산하는 육신의 파편과 피들.

쉴 틈 없이 공격을 펼치는 도현에게 제대로 접근하는 자들이 거의 없었다.

아니, 몇 차례의 공격으로 겁을 먹고 꽁무니를 빼는 자들이 대다수였다.

"쯧! 실험 대상도 되질 않는군."

멀리서 상황을 지켜보고 있던 허독량이 혀를 차며 자리를 떠난다.

도현의 실력을 알아내기 위해 허독량은 위험을 무릅쓰고 그의 뒤를 쫓고 있었다.

워낙 멀리 떨어진 곳에서 감시를 하다보니 간혹 길을 잃을 때도 있었지만, 고독이 보내오는 신호에 금방 찾을 수 있었다.

그리고 그때마다 주변 문파들을 현혹하여 공격을 하게 했지만 번번이 실패로 끝나고 있었다.

"이번으로 다섯 번째이니…… 머리가 나쁘지 않고서야 이젠 통하지 않겠군. 쯧! 대체 어떻게 저런 힘을 손에 넣은 거지?"

정말 기회가 된다면 물어보고 싶을 정도였다.

스슥!

"교에서 연락이 왔습니다."

조용히 인기척을 드러내며 허독량의 뒤에 모습을 드러낸 사내의 말에 그가 돌아선다.

"교에서? 무슨 일이지?"

"소식을 듣는 즉시 복귀하시라는 명입니다. 교주님께서 폐관에 드셨고, 무림대회의 일이 실패로 돌아간 이상 앞으로의 계획을 위해서라도 복귀하시라는 혈뇌님의 명이 계셨습니다."

"흠…… 하긴 사부님께서 자리를 비우셨을 때는 그가 본교 전체에 명령을 내릴 권한을 가지고 있으니. 알았어. 바로 복귀하지."

"예!"

스슥!

나타날 때처럼 다시 사라지는 사내.

대답은 했지만 허독량의 얼굴은 보기 싫을 정도로 구겨져 있었는데, 사부인 혈마의 명도 아닌 혈뇌의 명으로 복귀해야 한다는 사실이 마음에 들지 않았다.

이제 혈마의 직계 제자는 자신 밖에 남지 않았기 때문에 주변에서 소교주라 불러주고 있었지만 실제로는 아직 소교주의 자리에 오르지 못했다.

혈마가 정식으로 선언을 하지 않았기 때문이었다.

때문에 지금으로선 혈뇌의 명을 받지 않을 수 없었다. 혈마가 교를 비웠을 때는 군사인 그의 권한이 가장 크기 때문이었다.

만약 허독량이 정식으로 소교주의 자리에 올랐다면 전혀 달랐겠지만 말이다.

"이번 기회에 소교주의 자리를 차지하는 것이 좋겠어. 사부님께서 왜 이렇게 뜸을 들이시는 것인지 모르겠군."

짧게 혀를 차며 그의 신형이 사라진다.

"형님, 정말 가실 겁니까?"

"그래. 지금으로선 그것만이 우리가 살 길이지 않느냐."

"으음……!"

작은 오두막에 옹기종기 모여 앉은 세 사람이 있었다.

그 옆으로 한 사람이 아픈 듯 누워 정신을 차리지 못하고 있었다.

"혈응방(血鷹幇)은 무너졌다. 안타깝지만 우리의 힘만으로는 다시 세울 수도 없는 일이지."

"대형. 진짜…… 안되는 거유?"

"막내의 안타까운 심정은 알겠지만 불가능한 일이다. 본방이 소유하고 있던 모든 권한이 놈들에게 넘어가버렸고, 가지고 있는 패물도 이젠 얼마 남지 않았다. 너도 알다시피 혈응방이 한달에 소모하는 돈이 얼마나 많았더냐. 그만큼 벌었기 때문이지만 우리로선 그럴 만한 여유가 없다. 게다가…… 결정적으로 우리 세 명이선 도련님을 지키는 것만으로도 벅차지 않느냐."

쓰게 웃으며 말하는 중년인의 말에 막내라 불렸던 사내가 입을 다문다.

그러고 보니 어딘지 다들 모르게 세 사람은 닮아 있었는데, 한 형제라 해도 믿을 정도였다.

형제가 아닌 사실이 더 신기하게 여겨질 정도다.

그때 묵묵히 듣고만 있던 사내가 입을 열었다.

유일하게 얼굴을 사선으로 가로 지르는 큰 상처가 남은 이였는데, 그 때문인지 좀 날카로워 보인다.

"형님. 그렇다고 천마신교에서 우릴 받아 주겠습니까? 솔직히 말해서 이 일대에선 제법 힘을 쓴다고 하지만 중원 전역으로 본다면 널리고 널린 것이 우리 정도의 실력자들이지 않습니까? 게다가 도련님도 이런 상태고."

"으음……!"

신랄한 둘째의 말에 큰형인 손주열은 신음을 흘린다.

이 자리에 있는 세 사람은 혈응삼도(血鷹三刀)라 불리며 혈응방에서 가장 강한 실력을 가지고 있던 이들이었다.

본래 혈응방은 귀주의 문파 중 하나였는데 그 일대에선 꽤나 유명한 곳이었다.

하지만 혈응방에서 멀리 떨어지지 않은 곳에 새로운 문파가 들어서면서 문제가 생기기 시작했다.

갑작스럽게 생겨난 문파가 혈응방의 세력을 잠식하기 시작한 것이다. 어찌된 것인지 놈들은 혈응방보다 월등히 강했기에 혈응방이 무너져 내리는 것은 순식간이었다.

끝까지 혈응방에 붙어서 방을 지키려 했지만 최후의 순간 방주의 명령으로 방주의 하나 밖에 없는 아들을 데리고 그곳을 탈출해야 했다.

그리하여 지금에 이른 것이다.

살길을 모색할 만도 하지만 그들은 끝까지 방주의 아들과 함께 할 생각이었다.

그것이 그들이 생각하는 방주에 대한 의리였고 보답이었다.

"지금으로선 천마신교만이 우리의 희망이다."

"후우…… 그곳에서 받아 준다면 말이지요. 마선의라 불리는 분도 그곳에 계신다 하니 운이 좋다면 도련님의 병을 돌볼 수 있겠지요."

"그래. 되든 안 되든 해보자! 그것이 우리 혈웅삼도 아니겠느냐!"

"좋수!"

결국 대형의 뜻대로 의기투합한 세 사람은 그 즉시 천마신교가 있다는 십만대산으로 이동을 시작했다.

몸이 불편한 도련님을 위해 세 사람은 수레를 직접 어깨에 지고 이동을 시작했는데, 대단히 힘든 일이었지만 그들은 묵묵히 돌아가며 수레를 매며 십만대산으로 향했다.

비단 그들뿐만이 아니었다.

세상에 숨어 있던 많은 마인들이 십만대산으로 향하고 있었다.

천마성이 무너진 이후 급속도로 마도방파들은 무너지기 시작했다.

천마성이란 든든한 울타리가 없어지자 사황성과 백도맹에 속한 문파들이 대대적으로 연합하여 마도방파를 공격했던 것이다.

빠르고 신속한 대응에 속절없이 무너져 내리며 사방으로 흩어진 마인들에게 천마의 행보와 천마신교의 탄생은 큰 희망이었다.

속할 곳 없는 그들로선 천마신교에 입교 할 수 있을 것이란 희망을 품고 십만대산으로 달려간다.

십만대산으로 가기 위해선 신강으로 가는 길목인 청해
를 지나야 했는데, 청해의 가장 강력한 문파이던 곤륜이
무너졌기에 그들이 가는 것을 제지 할 수 있는 이는 아무
도 없었다.

 곤륜의 살아남은 이들은 곤륜을 다시 일으켜 세우는 것
만으로도 힘에 벅찰 지경이었기에 어쩔 수 없는 일이었다.

天魔飛上 11章.

11 장.

"이건 뭐야?"

천마신교가 있는 십만대산에 들어서던 도현은 황당한 듯 자신도 모르게 입을 연다.

십만대산의 초입에 수천에 달하는 무인들이 진을 치고 있었던 것이다. 마치 난민과도 같은 그 모습에 도현은 당황하지 않을 수 없었다.

"미약하나마 마기를 흘리는 것이…… 사황성이나 백도 맹은 아닌 것 같고. 마도방파의 마인들인가?"

그 자리에선 아무리 고민해도 모를 것 같았기에 도현은 즉시 몸을 날려 천마신교로 향한다.

십만대산은 그 이름처럼 워낙 크고 넓은 곳이라 저 많은 인원들이 천마신교를 찾아 왔음에도 불구하고 신교의 흔적을 발견하지 못해 초입에서 난민처럼 생활하고 있는 것이었다.

"응? 이건……."

빠르게 발을 옮기던 도현은 신교의 초입에서 강한 진법의 기운을 느낄 수 있었다.

'미로진과 환상진이 뒤섞여 있다. 이걸로 저들을 막은 것이로군. 그런데 이런 진법을 펼칠 정도의 사람이 있었던가?'

고개를 갸웃거리면서도 도현은 서슴없이 진법 안으로 몸을 넣는다.

우웅!

작은 떨림과 함께 눈에 보이는 것들이 달라지고, 방향 감각을 흩어 놓지만 도현은 아무런 영향을 받지 않는 것인지 앞으로만 향한다.

그러길 일 다향.

어렵지 않게 진법을 통과할 수 있었다.

도현의 발을 이 정도 진법으로는 막을 수 없음이다.

땡땡땡!

요란스럽게 울려 퍼지는 종소리.

진법을 통과한 침입자가 있다는 신호에 온 사방에서 신교 무인들이 모습을 드러내고, 일사분란한 그 모습에 도현은 빙긋 웃었다.

"무사히 돌아오셔서 다행입니다."

회의실에 앉자마자 이 장로가 고개를 숙이며 말하자 모두들 함께 고개를 숙인다.

이미 도현의 활약상에 대해선 신교 내부에도 충분히 알려진 뒤였다.

곤륜을 무너트리고 무림대회에서 신위를 보였으며, 개봉에선 혈난(血亂)을 일으켰다.

그 외에도 이곳으로 오는 동안 수많은 중원 무인들을 물리치는 것으로 단숨에 천마와 천마신교의 이름을 널리 알렸다.

신교 무인들은 환호했으며 미래를 위해 더욱 열심히 정진했다.

"신교 건축을 진행하는 동안 깨달음을 얻은 이들이 대단히 많습니다. 무공만 알고 지내던 이들이라 그런지 평범한 사람들과 어울리며 주고받는 말과 행동들이 깨달음으로 이어졌던 모양입니다."

"다행이군요. 그런데 밖의 사람들은 무엇입니까?"

도현의 물음에 기다렸다는 듯 삼 장로인 혈영신투가 입을 열었다.

"본교의 소문을 듣고 의탁하기 위해 찾아온 자들로 보

입니다. 천마성이 무너지고 사황성과 백도맹에 속한 문파들이 연합하여 마도방파들을 무수히 무너트렸는데 자신이 속한 문파가 무너지며 오갈 데가 없어진 자들이 이곳으로 몰려든 것 같습니다."

"흠…… 전부 받아들이세요. 마도인을 위한 천마신교입니다. 저들을 받아들이지 못할 곳이라면 애초에 존재할 필요가 없을 것입니다."

"저들 중에 첩자가 있을 수도 있습니다."

혈영신투의 말에 도현은 그를 보며 빙긋 웃었다.

"전 천마안을 믿습니다."

그 한마디에 혈영신투는 입을 다물 수밖에 없었다. 그리고 곧 웃으며 고개를 숙인다.

확실히 교내에 첩자가 들어온다면 그것을 걸러내는 것은 천마안의 일이었다.

절대적으로 천마안을 믿고 있는 도현을 향해 그 믿음에 걸 맞는 활약을 해야 할 터다.

"공사 진척 상황은 어떻습니까?"

"기본적인 건물들은 전부 세워졌습니다. 나머지는 천천히 지어도 괜찮을 것 같습니다."

이 장로의 대답에 고개를 끄덕이던 도현은 때마침 생각났다는 듯 그를 향해 물었다.

"그러고 보니 못 보던 진법이 있던데 누구 솜씨입니까?

저 정도 진법을 펼치기 위해선 꽤 실력이 있어야 할 텐데."

"그렇지 않아도 소개시킬 사람이 있었습니다."

짝짝!

말과 함께 가볍게 손벽을 치자 회의장이 문이 열리고 한 청년이 걸어 들어온다.

이제 겨우 약관은 되었을까 싶을 정도로 어리지만 몸은 꽤 탄탄해 보인다. 게다가 어디선가 본 듯한 얼굴.

"탁골문의 탁걸륜이 천마께 인사드립니다!"

털썩!

자리에 주저앉으며 고개를 숙이는 그.

탁걸륜이었다.

못 보던 사이 아주 걸출하게 성장한 그를 보며 도현은 반가운 마음도 들었지만 이곳에 왜 있는 것인지 알 수 없었다.

탁골문을 다시 일으켜 세우는 것에만 집중해도 바쁠 것이라 생각했던 것이다.

'아…… 천마성이 무너지며 지원이 끊어졌겠구나.'

갑자기 떠오른 생각에 입맛이 쓰다.

탁골문에 대한 십년 지원을 약속해 놓고서도 천마성이 무너지며 그 약속을 이행하지 못하게 된 것이다.

"오랜만이로구나. 그대가 이곳에 왜 있는 것이지? 탁골문에 대한 지원이라면 잊고 있었지만 지금이라도 다시 해주마."

"감사합니다! 하지만 이미 탁골문은 해체하여 존재하지 않습니다!"

"뭐?"

뜻밖의 말에 눈을 크게 뜨는 도현.

도현이 놀라든 말든 탁걸륜은 고개를 숙인 그 자세로 말을 이었다.

"탁골문을 해체하고 원하는 자들을 추려 천마신교에 귀의했습니다. 적은 인원이나마 도움이 되길 바라는 뜻입니다!"

"탁골문은…… 그대 가문이 오랜 시간 이어온 곳이다."

"그렇긴 합니다만, 무너진 문파를 다시 일으켜 세우는 것은 무척이나 어려운 일이었습니다. 그리고 그날 이후 더이상 무림문파의 일원으로 살아가는 것을 거부하는 자들이 늘었기에 저는 탁골문을 해체하고 천마신교에 입교한 것입니다."

말은 쉽지만 무척이나 어려운 일이다.

수대를 이어온 가문을 자신의 손으로 끊어낸 것이니까.

그 모습을 보며 도현은 고개를 끄덕이며 기운을 일으켜 탁걸륜을 자리에서 일어서게 만들었다.

"비록 그대와 면식이 있다고는 하나 본교는 강자존의 논리가 살아있는 곳이다. 실력이 뒷받침 되지 않는 논리는 누구도 들어주지 않는다. 천마신교는 천하 마도인을 위한 문파이니 그대의 입교를 환영하는 바이다."

"감사합니다, 천마시여!"

환하게 웃으며 다시 무릎 꿇으려 했지만 도현이 단단히 잡고 있는 통에 몸을 움직일 수 없었다.

"과한 예의는 되었다. 그보다…… 진법은 네가 설치한 것이냐?"

"아닙니다. 과거 탁골문과 인연이 있던 분이 계신데 그분께 부탁하여 진법을 설치하였습니다. 믿을 수 있을만한 분으로 진을 설치한 이후 십만대산의 정기가 좋다며 아직 교내에 머무르고 계신 것으로 알고 있습니다."

"호……?"

그의 말에 도현은 호기심이 생긴다.

대체 누구기에 이 만한 진법을 펼치고, 태연하게 천마신교 내에서 머물고 있는 것인지 말이다.

"만날 수 있겠느냐?"

"안내해 드리겠습니다."

"지금 바로 가지."

곧장 자리에서 일어난 도현은 모든 회의를 뒤로 미루고 탁걸륜의 안내로 십만대산에서도 험한 곳에 위치한 산으로 향했다.

"저곳입니다."

산의 절벽에 난 동굴을 깎아 만든 거처.

가는 길에 한 발자국만 잘못 딛는다면 당장에 낭떠러지로 떨어져 큰 변을 당할 것이건만 두 사람은 태연하게 그 곳을 걷는다.

"노사님 계십니까?"

동굴 입구에서 안쪽을 향해 인사를 건네는 탁걸륜.

잠시 후 안쪽에서 말 소리가 들려온다.

"걸륜이더냐? 들어오너라. 손님도 함께."

"들어가시지요."

동굴 안은 사람이 편하게 생활하기에 부족함이 없을 정도로 넓은 공간을 자랑하고 있었는데, 곳곳에 사람 손이 닿은 흔적이 있었다.

무공의 흔적이 아닌 순수하게 정과 망치로만 동굴 벽을 깎아 만든 것 같았다.

본래 동굴이 컸다 하더라도 이만큼 손질을 하기 위해선 많은 힘과 노력을 필요로 하는 일이기에 도현은 순수하게 감탄하지 않을 수 없었다.

"허허, 처음 뵙겠소이다. 사공준허이라 하오."

포권을 취하며 고개를 숙이는 그에게 도현 역시 포권을 취하며 인사했다.

"천도현이라 합니다. 이곳 천마신교를 이끌어가는 입장에 있습니다."

"허! 천마를 눈앞에 두고도 몰랐다니. 내 눈이 어떻게 되었나 봅니다."

놀란 듯 이야기를 하고 있지만 정작 눈은 침착한 상태를 유지하고 있는 그를 보며 도현은 눈을 빛낸다.

자신을 한 번도 본 적이 없을 텐데도 불구하고 그는 이미 자신의 정체에 대해 알고 있었던 것이 분명했다.

그에게선 무공을 익힌 흔적이 전혀 보이질 않으니 순수하게 머리를 써서 자신의 정체를 알아내었단 것이다.

"본교를 감싸는 진법을 설치해주셨다 들었습니다. 감사합니다."

순수하게 고개를 숙여 인사를 건네 오는 도현을 보며 그는 눈을 빛내더니 곧 고개를 저었다.

"제가 한 것은 그리 많지 않습니다. 오히려 진법을 설치하기 위해 이곳의 무인 분들이 고생을 많이 하셨습니다. 그리 어려운 진법도 아닌데 이런 인사를 하실 필요 없습니다. 그저 걸륜이와 작은 인연이 있었기에 도움을 드린 것일 뿐이니."

"어디 진법을 설치하고 운용하는 것이 쉬운 일이겠습니까. 자리를 따지고 이 산의 기운에 가장 적합한 진법을 찾아내고 설치하는 것은 결코 쉬운 일이 아닙니다."

"하하하, 천마께서 제 얼굴에 금칠을 하시니 고개를 들수가 없습니다."

호쾌하게 웃는 그.

자세히 뜯어보니 전형적인 학자처럼 생겼다.

그러면서도 두 눈에 서린 깨끗한 정기와 깊은 눈망울은 그가 가진 것이 이것이 전부가 아님을 말해준다.

"사공이라 하시면 사공세가(司空世家)와 어떤 관계가 있으신지 물어도 되겠습니까?"

"이런…… 본가를 아시는 분이 아직도 계실 줄은 몰랐습니다. 허허, 한 때 잘 나가긴 했습니다만 너무 잘난 탓에 스스로 무너져버린 몹쓸 가문이지요."

말을 하면서 씁쓸한 표정을 짓는 그.

하지만 듣고 있던 도현의 입장에선 놀라지 않을 수 없었다.

그의 성씨를 들었을 때부터 혹시나 하고 생각하지 않았던 것은 아니었지만 진짜 사공세가와 관련이 있을 것이라 생각지는 않았던 것이다.

사공세가는 과거 무림과 관을 어우르는 대단히 뛰어난 가문이었다.

제갈세가와 쌍벽을 이룰 정도로 뛰어난 머리를 자랑하는 가문으로 관에 진출을 하면 그 끝을 모를 정도로 빠른 승진을 거듭하며 황실의 주요 인원으로 자리를 잡았고.

무림으로 나간 이들은 대문파의 머리로 그 역할에서 빛을 발하곤 했다.

하지만 너무 뛰어남은 많은 이들의 시기를 불렀다.

결국 무림에서도 황실에서도 버림을 받으며 한순간에 망해버린 것이다.

여기에 수많은 이들이 다시 일어서는 것을 겁내며 암살자들을 보낸 탓에 사실상 사공세가의 맥은 끊어진 것으로 알려져 있었다.

당시 죽은 사공세가의 인물만 하더라도 수백에 이르렀기에 당연한 판단이었다.

그랬던 사공세가에 생존자가 있다니 놀랍지 않을 수 없다.

도현의 놀란 기색을 보며 사공준허는 쓴 미소와 함께 입을 열었다.

"세가에서 유일하게 살아남은 자가 저 입니다. 당시 공부를 위해 세가의 지하에 위치한 서고에 들어갔다가 우연히 혈풍을 피할 수 있었습니다."

"큰일이셨겠습니다."

"당시엔 겁에 질리기도 했고, 왜 이런 꼴을 당해야 하나 하고 고민을 하기도 했습니다만…… 지금은 괜찮습니다. 이미 벌어진 일을 두고 고민만 하고 있기에는 살아있는 시간이 아직 길지 않습니까."

허탈하게 웃는 그를 보던 도현은 그와 이야기를 이어나가기 시작했고, 곧 사공준허의 깊은 지식에 감탄하지 않을 수 없었다.

무엇을 물어도 정확한 대답이 돌아왔을 뿐만 아니라, 세상을 보는 시야 역시 대단히 뛰어났다.

하지만 놀란 것은 도현만이 아니었다.

사공준허 역시 도현의 깊은 지식이 놀라지 않을 수 없었다.

그가 본 무림인들은 아무리 잘난 집안의 자식이라도 일정 수준이상의 학문을 익히지 않았는데 반해 그는 자신에 결코 뒤지지 않는 지식을 쌓고 있었던 것이다.

게다가 단순히 지식을 쌓는 것에 그치지 않고 그것을 통찰하는 눈을 가지고 있었다.

그렇게 두 사람은 이야기가 끊어지지 않고 하룻밤을 지새워야 했고, 그 동안 탁걸륜은 자리를 지키며 차를 끓이는 등 두 사람의 수발을 들었다.

"제가 본 천마신교는 활력이 넘치는 뛰어난 잠재력을 가진 문파입니다. 하지만 아직 걸음마 단계이기 때문에 많은 것이 부족해 보이는 것은 사실입니다. 천마성의 많은 것을 이었기에 바닥에서부터 시작하는 문파와는 그 규모와 첫걸음이 다른 것은 사실이지만 반대로 천마성의 그림자를 지워내는 일은 상당한 시간을 필요로 할 것입니다. 현 신교의 체계는 천마성의 것을 따온 것이 많습니다. 이는 속한 무인들에게 안정감을 줄 수도 있지만 반대로 신교에 속했으면서도 천마성의 무인이라 생각 할 수도 있는 계기가 되기도 합니다. 외람된 말씀이지만 만약 패마께서 살아계셨다면 신교가 분열하는 이유가 될 수도 있었을 것입니다."

"정확한 지적이십니다. 저 역시 많은 고민을 했지만, 당장은 천마성의 체계를 받아오는 것이 저를 따르는 무인들을 가장 빠르게 안정시킬 수 있는 방법이라 생각했습니다. 한번에 모든 것을 바꾸려 들 수도 있지만 무인들의 특성상 익숙한 것을 먼저 떠올리기 때문에 아예 버릴 수도 없었습니다. 때문에 지금의 천마신교의 체계가 만들어진 것이지요."

"지금의 체계가 나쁜 것은 아닙니다. 하지만 좀더 세분화할 필요는 있을 것 같습니다. 당장 천마안만 하더라도 그렇습니다. 천마안이 신교의 모든 정보력을 감당하고 있습니다만, 이렇게 되면 일을 이중으로 처리해야 하는 부분이 분명 있습니다. 제 생각으론 천마안은 철저하게 중원을 감시하고 천마안 이외에 새로운 정보를 다룰 곳을 창설하여 신교 내부를 감시하는 것이 필요합니다. 천마안도 모를 정도로 은밀하고 교주 직속의 세력이면 더 좋을 것입니다."

"내부를 감시함으로서 혹시나 있을 위험에 대비할 뿐만 아니라 교주의 권한도 더 높아지는 효과가 있겠군요."

계속해서 이어지는 이야기에 도현은 그동안 가지고 있던 고민이 모조리 사라지는 듯한 기분이었다.

지금 천마신교의 가장 문제점이라면 머리를 쓸 수 있는 사람이 너무나 적다는 것이었다.

장로들과 우혁들이 도움을 주고 있기는 하지만 애초에 무공만 파고든 그들이기에 도현을 돕는 것에는 한계가 있었다.

당장 천마신교에서 벌이는 수많은 일들을 처리하는 것만으로도 과부하가 걸릴 정도인 것이다.

그럴 때 나타난 사공준허의 존재는 한 줄기 빛과 같았다.

"제 사람이 되어 주지 않겠습니까?"

단도직입적으로 도현은 물었다.

사공준허와 같은 인재는 결코 놓칠 수 없었다.

그가 원하는 것이라면 그것이 무엇이든 들어주는 한이 있더라도 반드시 천마신교에 필요한 인재라 느낀 것이다.

도현의 물음에 이제까지 활발하게 말을 하던 사공준허가 움찔하더니 입을 닫는다.

그의 입이 열린 것은 한참의 시간이 흐르고 나서였다.

"세가가 무너진 이후 전 세상을 떠돌며 수많은 것들을 직접 눈으로 보고 지식들을 머릿속에 집어넣었습니다. 그랬던 것은 세가를 다시 일으키고자 하는 욕심이 들었기 때문이었습니다. 하지만 결국 혼자만의 힘으로는 어렵다는 것을 깨달았고, 모든 것을 포기하고 이곳까지 흘러 들어온 것입니다."

"필요한 모든 것을 지원하겠습니다. 세가를 일으키고 싶다면 그리 할 것입니다."

도현의 말에 그는 고개를 저었다.

하지만 웃으며 고개를 숙인다.

"워낙 오랜 시간 세상을 떠돌아다니다 보니 이젠 늙었는지 몸을 의탁할 만한 곳을 찾고 있었습니다. 이젠 다 늙어가는 처지이기에 무슨 도움이 될 수 있겠냐 싶습니다만, 최선을 다해 보좌하겠습니다."

그 말에 도현의 얼굴이 환해진다.

◐

천마신교에 새로운 직위가 생겼다.

팔 장로라는 직책이 새로 생기며 그 자리에 사공준허가 들어앉은 것이다.

갑작스런 장로의 등장에 많은 이들이 고개를 갸웃거렸다.

무림 어디에서도 들어본 적이 없는 이름이기 때문이었다.

얼마 지나지 않아 무공을 전혀 익히지 않은 사람이라는 것이 알려지자 여기저기서 불만이 터져 나왔지만 크게 이야기하지는 않았다.

다른 사람도 아닌 천마인 도현이 직접 임명한 자리이기 때문이었다.

아니, 대놓고 이야기 했더라도 도현은 아무 말을 하지 않았을 터였다.

시간이 흐르면 충분히 그에 대한 가치를 신교의 모두가 인정할 것이 분명하기 때문이었다.

도현의 기대대로였다.

그가 임명되고 얼마 지나지 않아서 눈에 띌 정도로 천마신교의 많은 부분이 바뀌기 시작했다.

두 번, 세 번 일해야 할 것이 한 번만 하면 끝이 났을 뿐만 아니라 아직 어수선했던 천마신교의 체계가 빠른 속도로 정비되어 가고 있었다.

도현이 딱히 말은 하지 않았지만 모두들 사공준허를 빠른 속도로 신교의 머리로 받아들이고 있었다.

그러는 사이 도현은 마선의와 함께 왕도군의 머리를 살피고 있었다.

"어떤 종류의 고독인지 알 수 없습니다. 혈교 놈들이 새로 만들어낸 종류의 것인 것 같습니다."

"저 역시 그리 생각하고 있습니다. 고독을 빼낼 방법은

278 천마비상 5

없겠습니까?"

도현의 물음에 고민을 하던 마선의는 고개를 저었다.

"고독의 대부분은 머리 속에 들어가면 가장 치명적인 부분에 자리를 잡고 앉는데. 강제로 이놈을 떼어내려고 하면 순식간에 주변의 뇌를 먹어치우거나 날카로운 이빨 등으로 물어뜯어 버립니다. 아시겠지만 인간의 뇌는 놀랄 정도로 예민하기 때문에 그 정도 충격으로 죽을 수도 있습니다."

"흠……."

"이자의 머릿속에 든 고독을 꺼내기 위해선 한 쌍을 이루는 고독을 필요로 합니다. 놈이 부르지 않고서는 이 안에 든 놈은 결코 움직이지 않을 테니까요."

"결국 연구를 좀 더 해봐야 하겠군요. 혈교놈들이 이런 고독을 만들었다는 것은 여러곳에 이용을 하고 있다는 뜻일 테니."

"최선을 다하도록 하겠습니다."

마선의의 대답에 고개를 끄덕이며 자리에서 일어선다.

이제 왕도군의 신형은 완전히 마선의에게 넘어갔다. 그가 죽이든 살리든 이제는 마선의의 뜻에 달린 것이다.

처음에는 그를 이용하여 혈교의 위치를 알아낼 샘이었지만 이곳까지 오는 동안 지켜본 바로는 고독에 의해 조종만 당했을 뿐 알고 있는 것이 없었다.

게다가 더 이상 고독이 움직이는 기미도 없었고.

그때였다.

쾅!

"오빠!"

와락!

거칠게 문을 열고 들어온 빙설하게 도현에게 몸을 날리며 안긴다.

순간 그녀의 풍만한 가슴이 주는 압박에 도현의 얼굴이 달아오르지만 침착하게 그녀를 품에서 떼어놓는 그.

"우와! 오빠다!"

도현의 얼굴을 보고 좋아라 날뛰는 그녀를 보며 피식 웃은 도현은 설하의 손을 잡고 밖으로 나갔다.

"설하, 잘 지냈어?"

"응! 오빠 말처럼 침도 잘 맞고 착하게 혼자 놀고 있었어!"

어느새 예미영이 놀아주었던 것은 다 까먹었는지 혼자 놀았다고 주장하는 그녀였다.

귀여운 모습에 그녀의 머리를 쓰다듬는 도현.

본래 적이었지만 이렇게 천진난만한 모습을 보니 굳이 본래의 모습으로 돌아가지 않아도 좋을 것 같다는 생각이 든다.

"놀자, 놀자!"

손을 잡아채는 그녀에게 웃으며 도현은 끌려간다.

오늘따라 하늘이 너무나 청명하다.

●

쩡!

검이 부딪치는 강렬한 소리와 함께 밀려나는 검각의 장
로들!

정작 검을 부딪친 소진은 그 자리에서 조금도 움직이지
않고 있었다.

다섯 명의 장로들이 소진을 포위 한 채 연신 공격을 쏟
아붙고 있었지만 그녀는 자리에서 조금도 움직이지 않고
모든 공격을 막아내고 있다.

심지어 반격을 할 때도 있었는데, 그때마다 장로들은 섬
뜩함을 느껴야 했다.

어찌 그렇지 않겠는가.

상대의 검이 목과 심장의 인근까지 베거나 찔러 들어왔
다가 회수되는 데.

째쟁! 챙!

작은 원을 그리며 끊임없이 움직이는 소진과 어떻게든
그녀에게 공격을 성공시키기 위해 움직이는 장로들.

벌써 한 시진 째 비무가 이어지고 있지만 그것은 어디까

지나 소진이 제대로 된 공격을 하고 있지 않기 때문이었지 언제든지 그녀는 이 비무를 끝낼 수 있었다.

그럼에도 끝내지 않는 것은 이 비무는 자신의 실력을 점검함과 동시 장로들의 검을 봐주기 위해서였다.

놀랍게도 현 검각에서 가장 강한 사람은 검각주가 아닌 소진이었다.

검후(劍后)란 이름이 결코 아깝지 않은 실력을 갖춘 것이다.

전대 검후가 준비해둔 모든 관문을 통과한 이후 그녀는 매일 같이 이런 식의 비무를 통해 새로 얻은 힘을 조절하는 방법을 배울 뿐만 아니라, 매일매일 성장하고 있었다.

빠른 속도로 성장하는 그녀에게 오죽하면 장로들이 혀를 내두를 정도였다.

"그만!"

때마침 검각주의 음성이 비무장에 널리 퍼지자 그제야 장로들이 뒤로 물러섰고, 소진은 검을 집어 넣었다.

와아아아!

비무하는 모습을 지켜보고 있던 검각의 제자들이 일제히 환호성을 내지른다.

처음에는 비공개로 치렀던 비무였지만 지금은 제자들의 실력 향상을 목적으로 모두에게 공개하고 있었다.

처음에는 장로들이 반대했지만 공개하고 얼마 지나지

않아 눈에 띄게 수련에 열중하는 제자들을 보며 이제는 다들 납득하고 있었다.

아니, 장로들도 수련에 매달리고 있을 지경이었다.

적어도 제자들에게 흉한 모습을 보이지 말아야 할 테니까.

"수고하셨습니다."

어느새 비연이 다가와 깨끗한 수건을 건네자 소진은 수건을 받아 들어 땀을 닦는다.

워낙 길었던 비무였기도 하지만 내공을 최소한으로 사용하였기 때문에 땀이 비 오듯 흘러 옷을 적시고 있었다.

이곳이 여인들만 있는 곳이라 다행이지 남자들이 있었다면 음흉한 눈으로 그녀를 보고 있을 터였다.

땀에 젖은 옷 때문에 몸의 굴곡이 그대로 드러나고 있었으니까.

"일단 좀 씻고 이야기하자."

"준비를 마쳤습니다."

"고마워."

비연의 말에 웃으며 감사를 표시한 그녀는 즉시 자신의 방으로 향한다.

그녀의 말처럼 이미 방에는 씻을 준비가 완벽하게 끝나 있었다.

온천을 이용하면 좋겠지만 제법 거리가 멀기 때문에 간단하게 씻을 때는 방에서 씻는 편이 훨씬 더 편했다.

몸을 깨끗하게 씻고 밖으로 나오자 어느새 비연이 차가운 차를 준비해 대령한다.

"그래 소식은?"

찻잔을 받아들며 묻자 비연은 그녀의 맞은편에 앉으며 입을 열었다.

"곤륜혈사, 개봉혈사의 주범으로 손에 꼽히며 백도맹에선 이미 그를 무림공적으로 선포하기 직전인 듯 합니다. 무림공적으로 선포함으로서 맹의 힘을 끌어올려 천마신교에 대항하겠다는 생각인 듯 합니다."

"흠…… 사황성은?"

"사황성은 아직까진 특별한 움직임이 없는 듯 합니다만, 근래 성에 소속된 고수들의 활동이 눈에 띄게 줄어들고 있는 것이 내부적인 단속에 들어간 것 같습니다."

그녀의 말에 소진은 차를 마신다.

갈증이 한 번에 해소 되는 듯 하다.

"오라버니는 무사히 돌아가셨어?"

"무림에서 종적을 감춘 것으로 보아 그런 것 같습니다."

"흐응…… 다행이네. 그보다 언제 밖으로 나갈 것 같다고?"

"조만간 호위대를 구성한다고 합니다."

그녀의 대답에 소진은 만족스러운 듯 웃었다.

드디어 검각을 떠나 밖으로 나갈 수 있는 것이다.

비록 혹을 달고 다니는 꼴이긴 하지만 밖으로 나갈 수만 있다면 검각 안에 있는 것보다 훨씬 더 도현을 만날 수 있는 기회가 늘어나는 것이었다.

그것만으로도 소진은 만족했다.

"괜찮으시겠습니까? 각주님의 귀에 그분에 대한 이야기가 들어간다면……."

"괜찮아. 충분한 준비를 하고 있으니까."

방긋 웃는 그녀를 보던 비연은 순간 몸에 소름이 돋았지만 이유를 알 수 없었다.

하지만 소진은 비연의 얼굴을 보며 계속 웃었다.

'역시 검각은 검각을 위하는 사람이 이어가는 것이 옳아.'

오랜 시간 고민 끝에 그녀는 검각을 그만두기 위해 이미 많은 준비를 마친 상태였다.

검후인 그녀가 검각을 그만둔다는 것 자체가 말도 안 되는 일이지만, 그 말도 안 되는 일을 진행하기 위해 남몰래 그녀는 많은 준비를 하고 있었다.

그 첫 번째가 바로 비연이었다.

비연은 검각을 위해 평생을 살아온 사람이었다.

게다가 본래 자신이 아니었다면 검후의 무공을 익혀야
할 사람이 비연이었을 정도로 재능도 출중했다.

소진이 생각했을 때 검후의 무공을 가장 잘 이해하고 이
을 수 있을 것 같은 사람은 바로 그녀였다.

그렇기에 소진은 검후의 무공을 차례로 정립하면서 비
연에게 이을 준비를 하고 있었다.

그런다고 해서 검각에서 쉽게 그녀를 포기 할 것 같지
않지만 일단 첫 걸음이 중요했다.

이외에도 많은 계획을 세우고 있는 그녀였다.

애초에 무공에 큰 관심이 없었던 그녀이기에 내릴 수 있
는 결정이었다.

그런 소진의 생각도 모른 채 비연은 자신을 바라보며 웃
는 소진을 향해 마주 웃어준다.

天魔飛上

12章.

12 章.

고오오……

새빨간 피처럼 짙은 혈무가 폐관실을 가득 채운 것도
모르고 혈마는 편안한 얼굴로 운기를 끊임없이 하고 있었
다.

패마의 심장에 남은 마기는 그에게 있어 천고의 영약이
나 다름이 없었다.

순수한 패도를 지향했던 패마이다보니 몸에 쌓은 마
기 역시 순수한 것이었고, 그 심장에 쌓인 기운은 그 중
에서도 거르고 거른 그야 말로 마기의 총화(總和)인 것이
다.

그런 기운을 단숨에 소화 될 리가 없었다.

벌써 패마의 심장을 씹어 먹은 지도 열흘이 흘렀음에도 불구하고 소화해야 할 마기가 아직도 한참을 남았을 정도였다.

번쩍!

운기를 중단하며 눈을 뜨자 순간 폐관실 안에 가득하던 혈무가 빠르게 그의 몸으로 흡수되었고 두 눈은 붉은 빛을 발한다.

"흐흐흐. 아주 만족스러워. 역시 생각했던 대로야."

몸 안에 넘치는 힘을 느끼며 혈마는 크게 웃었다.

그러고 보니 혈마의 얼굴에 주름이 많이 사라져 있었다. 늙은 노인처럼 보이던 그가 조금이지만 젊어 보이는 것이다.

"혈마공의 경지가 9성이 이르렀다. 모든 기운을 흡수하고 나면 능히 11성의 경지에 오를 수 있으리라!"

아직 소화하지 못한 패마의 기운이 아주 많았기에 혈마는 능히 11성의 경지에 이를 수 있을 것이라 확신했다.

혈마공을 처음 익힐 때에는 순수한 처녀의 정혈 백 명분을 필요로 한다.

정혈이기에 백 명분이기에 대접 한 사발 정도의 양인데, 이것을 단숨에 들이마시는 것으로 혈마공은 시작한다.

몸 안에서 날뛰는 기운을 완벽하게 자신의 것으로 흡수하면 혈마공 1성을 달할 수 있는데, 그 뒤로는 꾸준한 수련과 함께 지속적인 피의 공급을 필요로 한다.

3성의 경지에 이르기 전까지 물경 천명에 달하는 처녀의 정혈을 필요로 하고 그 뒤로는 더 이상 처녀의 피가 아니더라도 관계가 없어진다.

하지만 그런만큼 많은 사람의 피를 필요로 하게 된다.

혈마가 8성의 경지에 오르는 동안 희생한 사람의 숫자가 얼마나 되는 것인지 혈마 스스로도 모를 정도였다.

아니, 신경 쓰지도 않는다는 것이 옳았다.

되려 그들이 죽어 자신의 대업에 도움이 되는 것을 영광으로 생각하라 말할 정도였다.

그런 만큼 혈마공은 무시무시한 위력을 발휘한다.

패마가 익히고 있던 패천마공도 경천동지한 위력을 발하는 무공이지만 혈마공은 그보다 더 무시무시한 종류의 것이었다.

사람의 피만 있다면 얼마든지 강력한 힘을 발휘 할 수 있었으니.

그런 혈마공을 크게 상승시킬 수 있는 기회가 바로 지금이었다.

8성에 오른 혈마공은 적의 심장을 섭취함으로서 심장에 축적되어 있는 기운을 흡수 할 수 있다.

혈마는 패마의 마기를 흡수함으로서 점차 강해지고 있었다.

패마의 기운을 모두 흡수하고 난 뒤엔 얼마나 강해질 것인지 스스로 알 수 없을 정도로.

"후후후, 혈마공이 10성에 이르면 탈태환골을 하며 최적의 몸 상태로 다시 태어나게 된다. 그때가 되면…… 후후, 후하하하!"

우르르!

기운을 제어하지 않은 탓에 폐관수련실이 크게 울린다.

그리곤 다시 눈을 감는다.

우우웅!

금세 폐관실을 가득 채우는 혈무.

우르르르.

흔들리는 건물과 느껴지는 막대한 기운에 허독량의 얼굴이 일그러진다.

"혈마공의 기운다. 괴물 같은 늙은이……."

으득!

순간 느껴진 혈마공의 기운은 어마어마한 수준의 것이었다. 그 자신 역시 혈마공을 익히고 있기 때문에 누구보다 잘 안다.

폐관수련에 들었음에도 이런 기운을 뿜어 낸다는 것은 이 시간에도 그는 강해지고 있다는 것이었다.

혈교에 복귀를 하자마자 이런 기운을 느끼다니, 허독량
으로선 기분이 나쁠 수밖에 없었다.

"쯧!"

혀를 차며 한참 움직인 끝에 허독량이 도착한 곳은 혈뇌
의 집무실이었다.

문을 열고 안으로 들어가자 이전 보다 월등히 많아진 서
류를 보고 있던 혈뇌가 눈에 들어온다.

"오셨습니까."

허독량의 등장에 혈뇌가 반색하며 자리에서 일어선다.

"무슨 일이야? 갑자기 날 보자고 하고."

자신의 방으로 바로 향하던 그를 부른 것은 혈뇌였다.

자신의 방인냥 편하게 자리에 앉는 그의 맞은편에 자리
를 잡는 혈뇌.

"무림대회장에서 있었던 일을 상세하게 듣고 싶어 이
자리에 불렀습니다."

"쳇!"

떠올리기만 해도 불쾌하다는 표정을 짓는 그를 달래는
혈뇌.

"기억하고 싶지 않으시겠지만 앞으로의 계획을 위해서
라도 그날의 일을 말씀해 주셔야 합니다. 부탁드리겠습니
다."

"……그놈이 나타났지. 괴물 같은 모습으로 말이야."

그 말을 시작으로 허독량은 자세하게 그날 있었던 일을 이야기했다.

이야기를 두 번 하기는 싫었기 때문에 기왕 입을 연 것, 아주 자세하고 세세하게 혈뇌가 궁금해 하는 모든 것을 이야기했다.

한참의 시간이 걸려 이야기를 전부 전해들은 혈뇌는 그를 내보내고 나서 자신의 자리에 앉아 생각에 빠져든다.

"천마신교라……."

머리가 다 아프다.

천마신교란 존재 때문에 지금까지 세웠던 모든 계획을 전면 수정해야 할 판이었다.

게다가 천마신교의 수장인 천마의 힘은 이미 소식을 들은 바가 있기 때문에 보통 문제가 아니라고 생각했다.

"패마의 제자가 이렇게 단 시간에 강해지다니…… 정말 괴물이라도 되는 것인가, 그는?"

지끈지끈.

머리가 아프자 그는 시비를 불러 평소 먹는 차를 끓이게 한다.

청아한 향과 맛에 그제야 두통이 가시는 것 같다.

"천마신교의 등장으로 백도맹의 분열은 계획은 폐지해야 하겠군. 쯧!"

혀를 차면서도 그는 머리를 굴린다.

이미 일은 벌어졌기에 최대한 유리한 쪽으로 일을 끌어들이기 위해서라도 빠르게 대처해야 했다.

하지만 이미 모든 계획이 백도맹의 분열을 기준으로 세워졌던 것이기에 결국 혈뇌는 모든 계획을 백지화 시켰다.

안타까운 일이지만 어쩔 수 없다.

천마신교란 강력한 적이 나타남으로서 백도맹은 서로 싸우면서도 백도맹이란 이름을 버릴 수 없게 되었다.

특히 천마의 강력함을 몸으로 체감한 구파일방으로선 더욱 그러했다.

"곤륜을 무너트린 것은 그야 말로 신의 한 수로군. 그 때문에 백도맹에 대한 모든 계획을 백지화 시킬 수밖에 없었어."

곤륜이 무너짐으로서 천마는 자신의 힘을 중원 전역에 인지시켰으며 개봉혈사를 통해 그 잔혹함을 드러내었다.

이미 중원에선 패마보다 더한 마인이 나타났다고 호들갑을 떨고 있었다.

실제로도 그랬지만.

"앞으로 어쩐다……."

고민이 깊어지지만 제 아무리 혈뇌라 하더라도 지금의 상황을 예측하진 못했기에 딱히 떠오르는 계획이 없다.

게다가 일을 지시해야 할 혈마는 폐관수련에 들어갔기에 언제 나올지도 모르는 상태였다.

결국 지금 그가 할 수 있는 일은 지금의 상태를 최대한 유지하는 것 밖에 없었다.

"후…… 답답하군."

얼굴을 찡그리며 창밖을 바라보는 혈뇌였다.

그의 얼굴이 부쩍 늙어 보인다.

팔 장로의 자리를 차지한 뒤 사공준허는 자는 시간을 줄여가면서까지 일에 매달렸다.

지금의 천마신교는 도현에 의지하여 움직이는 것이나 마찬가지였기에 도현에 가해지는 부담이 너무 많았다.

그 사실을 눈치 챈 그는 최대한 도현에 가는 부담을 줄이기 위한 작업에 착수했고, 그 결과가 하나 둘 모습을 드러내기 시작했다.

명확하지 않던 장로들이 해야 할 일을 확실하게 정하여 선을 긋고 그 일에만 매달리게 했다.

특히 장로들의 제자들인 우혁들에게는 그동안 이런저런 일을 하던 것을 멈추게 하고 확실한 임무를 쥐어줌으로서 그 역할을 다하게 만들었다.

대신 자신에게 쏟아지는 일거리가 늘어났지만 사공준허는 그것이야 말로 자신이 해야 할 일이라며 덤덤하게 받아

들었다.

아니, 그는 신나 하고 있었다.

세가가 무너진 이후 그는 세상을 둘러보며 수많은 것을 보고 느끼며, 지식을 쌓았다.

그것을 활용할 때가 되었다는 것에 그는 큰 흥분감을 느끼고 있었다. 또 한편으론 흥분한 자신을 가라앉히기 위해 노력했다.

아무리 머리를 잘 쓰는 사람이라 하더라도 작은 실수가 큰 피해를 입힐 수 있다는 사실을 잘 알기 때문이다.

그렇게 천마신교는 사공준허의 등장과 함께 빠른 속도로 안정을 찾기 시작했다.

특히 새로이 받아들인 이들이 신교에 빠르게 적응하는 데엔 그의 활약이 무척이나 컸다.

"역시 팔 장로를 받아들인 것은 잘한 일인 것 같습니다."

"과찬의 말씀이십니다. 전 무공을 할 줄은 모르나 머리를 쓰는 것에 있어 자신이 있으니 제가 할 수 있는 일에 최선을 다할 뿐입니다."

"그것이 가장 어려운 일이니 팔 장로는 자신의 역할에 최선을 다하고 있는 것입니다."

도현의 칭찬에 팔 장로 사공준허는 고개를 숙였다.

다른 장로들 역시 고개를 끄덕이며 도현의 의견에 동의했다.

그가 나타남으로서 자신들이 해야 할 일이 확실히 줄어들면서 한 가지에만 집중 할 수 있었다.

"그래 오늘 이 자리에 모이자고 한 이유는 무엇입니까?"

오늘 회의는 도현이 주최한 것이 아닌 사공준허의 요청으로 함께 하게 된 것이었다.

도현의 말에 모두의 시선이 그에게 향하고 사공준허는 자리에서 일어서며 차분히 입을 열었다.

"현재 본교에 있는 무인의 숫자는 2만에 육박하고 있습니다. 예전 천마성과 맞먹는 무인의 숫자라 할 수 있습니다. 물론 그 질적인 부분에선 어떨지 잘 모르겠으나 이만한 전력을 유지하고 있는 곳은 무림 어디에도 없을 것으로 생각 됩니다."

"인원수는 비슷하지만 단순 전력을 생각한다면 지금이 약한 것이 맞소. 당시 천마성 무인들은 정예 중의 정예들이었으니."

이 장로 월영마검의 말에 사공준허는 고개를 끄덕이며 다시 말을 이었다.

"이런저런 이야기가 있습니다만, 다 걷어내고 하고 싶은 말만 하자면…… 중원으로 나갈 필요가 있을 것 같습니다."

이어지는 그의 말에 모두의 시선이 천마인 도현에게 향한다.

"지금 본교에 있는 사람이 너무 많습니다. 게다가 아직

298

섞이지 못한 자들도 많음이니 소속을 확실히 해주기 위해서라도 밖으로 나갈 필요가 있을 것 같습니다. 다행이 지금은 신교에 적응하는 듯 보이지만 시간이 흐르면 본래 속해있던 문파가 그리워질 것입니다. 그러기 전에 자신이 신교 무인임을 확실히 해줄 계기가 필요하다 생각됩니다."

"확실히…… 그렇군."

도현은 그가 말하는 바가 무엇인지 깨달을 수 있었다.

지금 신교에는 많은 무인들이 모여 있다.

천마라 불리는 도현의 강함이 이끌려 온 자들도 있지만 속해있던 마도방파들이 무너지며 갈 곳이 없어 온 자들도 대단히 많았다.

천마신교가 자리를 잡아 갈수록 그들의 그리움은 커질 것이고 차후 신교 내부에서 파벌로 자리를 잡을 수도 있었다.

당장 가장 많은 인원을 자랑하는 천마성 출신 무인들이야 도현에게 충성을 다하고 있으니 관계가 없지만 그 이외의 사람들은 알 수 없었다.

그런 그들을 하나로 묶기 위해선 무인답게 피가 흐르는 전장에서 함께 구르는 것이 제일이다.

"중원은 아직 안됩니다. 혈교 놈들이 어디서 호시탐탐 기회를 노리고 있을지 모르는 상황에서 사황성이나 백도맹과 싸운다는 것은 전력을 소모하는 일 밖에는 되지 않을 것입니다."

삼 장로인 혈영신투가 반대하고 나섰다.

그 역시 말을 못 알아 들은 것은 아니지만 지금은 때가 아니라고 판단하고 있었다.

혈영신투에 이어 대부분의 장로들이 반대했다.

이제 막 일어서기 시작한 천마신교이기에 당장 움직이기는 어렵다고 판단한 것이었다.

하지만 사공준허는 자신의 뜻을 굽히지 않았다.

"아직 시기가 이른 것은 사실입니다만, 이럴 때일수록 기회인 법입니다. 단단히 아물기 전에 미리 자리를 잡아 줘야 튼튼한 집을 지을 수 있습니다. 이번 일 역시 마찬가지입니다. 더 튼튼한 천마신교를 만들기 위해선 꼭 필요한 일입니다. 희생을 두려워해서는 안 될 시기 입니다."

"흐음……."

그 말에 공감을 하면서도 선뜻 동의를 하지 못하는 장로들.

어쩔 수 없는 일이었다.

지금의 전력으로 사황성과 백도맹을 맞아 싸우기는 어려운 일이었다.

아무리 저들이 사이가 좋지 않다 하더라도 무수히 많은 머릿수가 무기나 마찬가지다.

천마인 도현의 가공할 힘이 있다 하더라도 전력을 다해

싸울 수 없는 입장인 천마신교로선 감당하기 어려운 일인 것이다.

혈교란 존재만 아니라면 얼마든 움직이겠지만 말이다.

그런 장로들의 걱정 어린 이야기들이 오가는 동안 생각을 하던 도현이 입을 열었다.

"꼭 중원일 필요는 없겠지."

"예?"

도현의 말에 모두의 시선이 그를 향한다.

"중원이 아니더라도 당장 본교의 영역을 확고히 하기 위해선 움직일 필요가 있습니다."

"아……!"

그 말에 모두들 감탄하며 고개를 끄덕인다.

현재 천마신교는 십만대산에 자리 잡았다.

그런 십만대산은 신강에 속해 있으니, 우선 신강을 확고히 신교의 영역으로 만드는 것이 먼저였다.

신강은 척박하지만 대단히 넓은 지역이었다.

이곳에는 많지는 않지만 자신의 자리를 지키는 문파들이 분명 있었기에 그들을 먼저 정리하는 것이 먼저였다.

일단 앞마당을 든든히 하고 나서야 뭘 해도 할 수 있는 것이다.

"그리고…… 이번 기회에 그들을 없애는 것이 좋겠습니다."

"어딜 말씀하시는 것입니까?"

이 장로 월영마검의 물음에 도현은 천천히 말했다.

"대막혈사풍(大漠血死風)."

"아! 그렇군요. 확실히 놈들이라면……!"

도현의 말이 떨어지기 무섭게 눈을 빛내는 장로들.

대막혈사풍이 이미 혈교와 관련되어 있다는 것은 그들은 잘 알고 있었다.

이번 기회에 그들의 목을 베어 후방을 든든히 할 뿐만 아니라 혈교 놈들에게도 타격을 입힐 수 있는 절호의 기회인 것이다.

대막혈사풍을 치는 데 장로들 모두가 갈 필요는 없었다.

잘 해봐야 두 명 정도.

오랜만의 싸움이기에 모두의 눈빛이 자신을 보내 달라 소리를 치는 듯 하다.

그 모습에 웃던 도현은 세 사람을 지목했다.

"이번 일은…… 삼 장로와 사 장로. 그리고 팔 장로님이 함께 하는 것이 좋겠습니다. 팔 장로님은 이번 기회에 무림의 싸움이라는 것을 두 눈으로 확인하는 것이 좋을 것입니다."

"명심하겠습니다."

자신도 들어가자 사공준허는 조금 놀랐지만 곧 고개를 끄덕인다.

무림의 싸움을 자세히 볼 기회가 없던 그이기에 이번 기회에 무림의 싸움을 직접 경험해보는 것도 나쁘지 않았다.

특히 천마신교의 머리가 된 입장에선 더더욱 말이다.

"어디가 좋겠습니까?"

도현의 물음에 고민을 하던 삼 장로가 입을 열었다.

"지옥만마대(地獄萬魔隊)와 잔살흑암대(殘殺黑暗隊)를 대동하고 싶습니다. 잔살흑암대에는 아직 실전을 겪어보지 못한 이들이 있으니 큰 도움이 될 것이고 지옥만마대는 많은 경험을 한 자들이니 후배라 할 수 있는 잔살흑암대를 잘 이끌어 줄 수 있을 것이라 생각됩니다."

"과한 인원이로군요."

"신교의 이름으로 첫 출전이니 만큼 나쁘지 않다 생각합니다."

삼 장로의 말에 도현은 고개를 끄덕임으로서 승낙했다.

그의 말처럼 천마신교의 이름으로 움직이는 첫 출전이니 만큼 확실한 힘을 보여주기 위해선 나쁘지 않은 선택일 것 같았다.

이미 십만대산에 자신들이 있음이 세상에 알려진 뒤이니 밖으로 나간 이들은 주목의 대상이 될 터였다.

"본교의 힘을 보여 줍시다!"

"존명!"

며칠 뒤 천마신교의 기(旗)를 높이 든 일단의 무리가 십만대산을 빠져나가기 시작했고, 그와 함께 도처에서 전서구들이 날아오르며 중원 전역으로 소식을 나르기 시작했다.

천마신교가 움직인다고!

〈6권에서 계속〉